AF280216

TRAPP

Michael Steinmair

Impressum:

© 2008 Michael Steinmair

Herstellung und Verlag: Books on Demand GmbH, Norderstedt

ISBN-13: 978-3-8370-4584-0

Inhalt

1 Prolog

Zuerst wollte ich einen Krimi schreiben. In Krimis geschehen Verbrechen, meistens sogar Morde, dann werden die Täter gesucht und am Ende in fast allen Krimis in mehr oder weniger spannender Weise gefunden. Doch ist es einfallslos und außerdem verhältnismäßig einfach, einen Mörder zu finden – es gibt zu viele davon.

Eine Statistik besagt, dass pro 1.000 Einwohner weltweit durchschnittlich 0,1 Morde geschehen. Das ergibt bei einer Weltbevölkerung von ca. 6,5 Milliarden Menschen 650.000 Morde. Ach ja – pro Jahr natürlich. Während der – sagen wir einmal – 40 Dienstjahre eines Kommissars geschehen also ca. 26 Millionen Morde. Theoretisch also 26.000.000 Mörder. In Wahrheit stimmt das natürlich nicht ganz, es gibt ja welche, die sich nicht mit einem Mord zufrieden geben, andererseits beinhaltet die Statistik bestimmte Staaten, wie Nordkorea oder Irak nicht. Wahrscheinlich ist in der mörderischen Realität der Wert bedeutend höher.

Wenn also ein internationaler Kommissar einen internationalen Mörder suchen würde, hätte er, wenn er willkürlich jemanden verhaftet, die Chance von 0,4 %, einen Mörder gefunden zu haben. Das erschien mir dann doch zu einfach.

Ich musste etwas finden, das eine viel größere Herausforderung darstellen würde. Daher bemühte ich mich um eine anspruchsvollere Form der Suche, wobei das Suchen an sich meist nicht das Problem ist, sondern erst das Finden. Lassen wir das. Es bedurfte reiflicher Überlegung, aber schließlich fand ich doch eine Suche.

Stellen Sie sich vor, Sie suchen *die/den* Partner/in fürs Leben!

Den gibt es theoretisch nur ein einziges Mal auf Erden. Ein einziges Mal unter 6.500.000.000 Menschen. Das bedeutet eine theoretische Wahrscheinlichkeit von ca. 0,000000015 %, dass Sie *die/den* Partner/in gefunden haben oder finden werden![1]

Insofern ist die Chance einen Mörder zu finden wesentlich höher, als den/die richtige Partner/in zu finden.

Das heißt aber auch, dass es theoretisch sehr viel wahrscheinlicher ist, dass ihr/e Partner/in ein Mörder ist, als dass sie/er die/der „Richtige" ist. Fast 27 Millionen Mal wahrscheinlicher.

Das soll nicht bedeuten, dass Sie Ihre/n Partner/in nun besonders unter diesem Gesichtspunkt betrachten sollten. Denken Sie jetzt bitte nicht darüber nach, ob ihr/e Partner/in nicht viel eher jemanden töten könnte, als perfekt zu Ihnen zu passen. Es ist zwar siebenundzwanzigmillionenmal wahrscheinlicher, das heißt aber noch lange nicht, dass, sollte ihr/e Partner/in nicht perfekt passen, sie/er dann unbedingt ein Mörder sein müsste. Nein, wirklich nicht. Ihr/e Partner/in ist kein Killer – nur ein potenzieller.

Ich würde den Verheirateten unter Ihnen auch nicht empfehlen, Ihre/n Partner/in nach einem anstrengenden Arbeitstag mit folgenden Worten zu begrüßen: „Ich möchte mich von dir scheiden lassen, denn statistisch gesehen ist es sehr viel wahrscheinlicher, dass du ein Mörder bist, als dass du genau der/die Richtige für mich bist!"

Ein solcher oder ähnlicher Satz könnte die Statistik beeinflussen – „self-fulfilling prophecy" sozusagen. Also bitte sagen Sie es nicht, wenngleich es natürlich stimmt.

---

[1] Selbstverständlich nur, wenn Sie hinsichtlich des Geschlechts nicht wählerisch sind. Sollten Sie heterosexuell sein wäre Ihre Chance sogar ungefähr doppelt so hoch, was aber auch nicht viel ist.

Versuchen Sie bitte auch nicht, Ihre/n Partner/in zu der/dem Richtigen zu machen – viel eher gelingt es Ihnen, sie/ihn zu einem Killer zu machen.

Für die Protagonisten dieses Buches geht es also nicht darum, einfach nur einen Mörder zu suchen, denn das wäre zu anspruchslos. Die hier gestellte Herausforderung ist eine bei weitem größere! Die Person, die in diesem Buch gesucht wird, ist richtig schwer zu finden, weil es diese nur einmal auf der Welt gibt! Es geht um die Suche nach DER/DEM RICHTIGEN UND PERFEKTEN PARTNER/IN, was ungleich schwieriger ist.[2]

Zur Vereinfachung wollen wir in weiterer Folge diese Person vom Geschlecht unabhängig machen, deshalb in das Englische übersetzen und abkürzen. In der heutigen Zeit sind Abkürzungen aus dem Englischen ohnehin modern. **T**HE **R**IGHT **A**ND **P**ERFECT **P**ARTNER ist somit geschlechtstechnisch simpler und wird mit TRAPP abgekürzt.

Es geht also um die Suche nach TRAPP. Und um jemand, der sich auf der Suche nach TRAPP befindet – einem so genannten TRAPPER.[3] Wichtig zu erwähnen ist noch, dass das Ziel der TRAPPER vorrangig geistige und nicht nur sexuelle Erfüllung ist. Ein TRAPPER ist somit im Gegensatz zu einem MONSTER nicht auf der Suche nach

---

[2] Gewisse statistische Ungenauigkeiten werden übrigens außer Acht gelassen. Nämlich einerseits geht es ja in Kriminalromanen normalerweise nicht darum EINEN Mörder zu finden, sondern DEN Mörder zu finden, aber das würde alles bisher geschrieben zu sehr relativieren und weniger interessant machen. Und andererseits gibt es einen weiteren Graubereich, denn es kann ja durchaus der Fall eintreten, dass ein Mörder und die/der richtige Partner/in ein und dieselbe Person sind. Denken Sie an Bonnie und Clyde …

[3] TRAPPER kommt auch aus dem Englischen, ist geschlechtsneutral und wird meist mit Fallenstellern in Verbindung gebracht. Richtiger wären folgende Übersetzungen „Der, der TRAPP eine Falle stellen möchte" oder „Der, der in die Falle läuft".

MONST („**M**AINLY **O**NE **N**IGHT **ST**ANDS"). Wenngleich es wenig Gemeinsamkeiten gibt, ist in der freien Wildbahn eine Unterscheidung auf den ersten Blick schwer möglich. Deshalb kann es zuweilen vorkommen, dass ein harmloser TRAPPER mit einem gefährlichen MONSTER verwechselt wird.

Die Suche nach TRAPP hat unzählige Erkenntnisse gebracht, dass es unmöglich war, diese nicht in Form von Anleitungen in das Buch aufzunehmen. Doch es sind nicht nur Anleitungen. Es sind Aufforderungen, nein es sind Anweisungen, Direktiven – es sind Befehle! Das ist wie mit den E-Mails, die Ihnen nie wieder Sexualverkehr erlauben, die Ihnen alle Haare ausfallen lassen, die Ihnen ein Leben lang und noch etwas länger Unglück bringen, wenn Sie sie nicht innerhalb von Millisekunden an alle Ihre Freunde und deren Freunde weiterleiten.

Am besten betrachten Sie alle diese Anweisungen als 11. Gebot oder als wichtigste Sure oder als was auch immer Ihnen wichtig ist, denn wenn Sie diese Befehle nicht ausführen, wenn Sie diesen Kommandos nicht innerhalb von Millisekunden Folge leisten, dann werden Sie TRAPP nie finden, nicht einmal zu Gesicht bekommen.[4] Es ist ja so schon schwierig genug!

Vergessen Sie also den Nibelungenschatz, das Bernsteinzimmer, die Bundeslade, den Heiligen Gral, den Yeti, die Nadel im Heuhaufen.

Lassen Sie sich auf ein wirkliches Abenteuer ein. Begeben wir uns gemeinsam auf die Suche nach TRAPP!

---

[4] Und nie wieder Sex haben!

2 Wilhelm der Trapper

Zuerst schlang sich nur mein Blick um ihren zauberhaften zarten Hals. Dann meine Hand - ja es war dieselbe Lust, mit der sich meine Augen um ihren Nacken legten, mit der sich auch meine Finger …

… um die kühle, glatte Oberfläche des Bierglases wanden.

Sie lächelte – schon wieder.

Ich trank – schon wieder.

Wir hatten also dieselbe Frequenz – zwar noch nicht dieselbe Wellenlänge, aber zumindest lächelten ihre Lippen genauso oft, wie meine Lippen den vertrauten Geschmack von kühlem Bier erfuhren. Eine Gemeinsamkeit – wie schön, aber leider war diese Gemeinsamkeit, wie das Wort schon verrät, gemein. Vom wiederkehrenden Lächeln wird man nicht betrunken, vom wiederkehrenden Trinken umso mehr. Leider oder glücklicherweise ließ mit der Zeit die Schwingungszahl ihres Lächelns nach, denn auch ich verlor den Schwung beim Trinken. Ich hatte also wie es schien wieder mal trotz Einladungslächelns ihrerseits und alkoholunterstützter Mutproduktion meinerseits, eine Chance kläglich vergeben.[5]

Während ich über Ursache und Wirkung meines Trinkens und ihres Lächelns nachdachte, dabei die Frequenz beider Tätigkeiten schon gegen Null tendierte, traf ich schließlich doch eine Entscheidung:

„Zahlen, bitte!"

---

[5] Dem berechtigten Einwand von Naturwissenschaftern, dass bei gleicher Frequenz und ungleicher Wellenlänge unterschiedliche Geschwindigkeiten der Wellen vorausgesetzt sein müssen, sei stattgegeben. Es waren die Gehirnwellen, deren Geschwindigkeiten divergierten. In diesem Fall waren es die weiblichen, die schneller zum richtigen Ergebnis kamen.

Mit eisernem Willen leerte ich die halbe Halbe, verzog dabei etwas angeekelt die Lippen und entdeckte die nächste Gemeinsamkeit. Auch ihre Lippen schienen plötzlich in unschönem Winkel von der Gravitation angezogen zu werden. Und ohne zuviel zu verraten blieb anstatt schöner Gemeinsamkeit gemeine Einsamkeit, denn das letzte Gemeinsame zwischen der schönen Unbekannten und mir an diesem Abend, war der peinlich von einander abgewandte Blick, als ich zahlte und das Lokal verließ. Ohne uns dabei abzusprechen gelang es uns, die Köpfe so zu drehen, dass unsere Nasenspitzen, bei gleich bleibender Geschwindigkeit in Relation zum Rest unserer Körper, den weitest möglichen Abstand zueinander einnahmen.

Und wenn schon nicht mit wehenden Fahnen untergegangen, bin ich zumindest mit einer nach Hause und ins Bett gegangen.

[]

Der Wecker weckte zuerst den Kater auf, dann mich. Trotz intensiven, schwerkraftunterstützten Widerstrebens meines Körpers zwang mich der Kater dazu, mir ein Glas Wasser zuzuführen. Es änderte nichts an der Tatsache, dass irgendjemand endlich einmal einen Wecker erfinden sollte, der den Kater weiterschlafen lässt.

Mühsames und somit Kopfschmerzen verstärkendes Rekapitulieren des Vorabends führten zu unüberlegtem heftigem Kopfschütteln, wodurch sich die Schmerzen im Haupt potenzierten und mich zu einer weiteren Kurzschlussreaktion verleiteten. Ich legte beide Hände an den Schädel, doch anstatt den Druck im Kopf zu senken, entstand ein Kraftfeld unglaublichen Ausmaßes.[6] Kurz vor

---

[6] Endogene Kräfte, hervorgerufen durch einerseits den emotionalen, andererseits den liquiden Verlauf des Vorabends standen plötzlich

der Explosion durchbrach ich den Teufelskreis, stoppte das Kopfschütteln, verwies den Vorabend aus meinen Gedanken, presste meine Hände um das Wasserglas und war wieder alleine mit dem Kater, der mir im Vergleich zu dem eben Erlebten dann doch noch als das geringere Übel erschien. Übel aber im wahrsten Sinne des Wortes.

Eine Minute und fünf Gläser Wasser später ging es bereits etwas besser. Etwas.

Mich vor den Spiegel aufbauend gelang es mir schließlich meine Gedanken ein wenig zu ordnen – ich fing ganz vorne an:

Mein Name ist Willi[7], ich bin knackige 29 Jahre jung[8], stattliche 1,85 m groß[9] und 78 kg leicht[10]. Ich bin in der Blüte meines Lebens und glücklich[11]. Außerdem Single und von einem monströsen Kater befallen[12]. Beruflich relativ erfolgreich[13], privat ein Musik- und Literaturliebhaber sowie ein Trapper.[14]

Das entsprach dem spezifischen Zustand meiner Person – nun zum allgemeinen Zustand der Umgebung:

Samstag, Innentemperatur 22°C, Außentemperatur 0°C, 23.12., Nebel, 08:13, …

---

exogene Kräfte, wie die durch das Kopfschütteln verursachte Fliehkraft und den durch die Hände entstehenden Druck, gegenüber.

[7] Wilhelm

[8] 32 Jahre alt

[9] Durchschnittliche 1,81 m

[10] 81 kg schwer

[11] Weder noch, wenngleich trotzdem ein ansehnlicher attraktiver Mann.

[12] Das stimmte – die Ehrlichkeit gewann die Oberhand.

[13] Bleibt für den weiteren Verlauf vollkommen bedeutungslos.

[14] Und ein Freak.

Halt!?

Samstag – sehr gut!

Innentemperatur 22°C – ziemlich gut!

Außentemperatur 0°C – weniger gut!

23.12. – gut!

Nebel – nicht gut!

08:13 – gar nicht gut!

Samstag und 08:13 – wozu ist das gut!?

23.12. – gut, jetzt klingelt es! Morgen ist Weihnachten und ich muss noch einiges besorgen! Außerdem war das Trapping gestern wieder nicht erfolgreich. Neuer Tag, neues Glück …

Ende und Anfang

Anna war 30 Jahre jung, dynamisch, attraktiv, erfolgreich und unglücklich Single. Was die genannten Attribute betrifft also das Stereotyp des weiblichen Großstadtsingles. Das war's aber dann schon wieder mit Stereotyp - sie war anders als die anderen, dachte sie zumindest. Auch Sie suchte nach Trapp, wenngleich im Gegensatz zu Willi, wusste Sie davon noch nichts …

All die Männer, mit denen sie in den letzten beiden Jahren, nach ihrer Trennung vom langjährigen Partner, der typischen Jugendliebe, Bekanntschaft gemacht hatte, waren schlechte Einfälle und somit Reinfälle. Bis auf einen. Und der hatte das Pech, genau der erste nach der Beziehungsseparation gewesen zu sein. Nur war ihr das damals nicht bewusst.

Da die Nachspielzeit ihrer Beziehung ebenso langzeitig, wie -weilig war, hatte sie sich endlich dazu durchgerungen, den Beziehungs-Schlusspfiff zu setzen, als sie noch am selben Tag einen anderen Mann kennen lernte. Er faszinierte sie so sehr, dass sie gleich ein neues Spiel einging, wobei sie von der Schiedsrichter- in die Spielerrolle wechselte und somit sogar einmal aktiv am Spielgeschehen teilnahm. Das war natürlich aufgrund zu kurzer Regenerationszeit wenig Erfolg versprechend. Dennoch hielt sie sich lange gut. Leider versiebte sie dann bildlich gesprochen den entscheidenden Elfmeter. Aufgrund ihrer holländischen und spanischen Wurzeln ist das nicht weiter verwunderlich, jedoch hatte diese interessante Kombination, bis auf die Elfmeter-Tauglichkeit, durchwegs genetisch positive Auswirkungen auf Anna.

Es war jetzt zwei Jahre her, dass sie ihm begegnete und sie erinnerte sich noch, als ob sie es gestern im Fernsehen gesehen hätte, was natürlich nicht stimmte, denn sie erinnerte sich an nichts, was sie gestern im Fernsehen gesehen hatte.

[]

Es war der Silvesterabend 2006, ich war einerseits glücklich, den Beziehungsballast nicht ins neue Jahr mitschleppen zu müssen, andererseits natürlich deprimiert, den Altjahresabend alleine zu verbringen.[15] Ich saß in einem Lokal und wartete nur darauf, müde zu werden. Leider überwog doch das Antibiotikum der Silvesterkracherlautstärke die Schlafbefallsbakterien. Die Mischung des Antibiotikums mit Alkohol verstärkte lediglich die Wirkung des ersteren und brachte mich dazu, zum x-ten Mal über die finale Entscheidung nachzudenken. Dieses Mal sogar soweit, dass ich, ganz wie es zu ihm passen würde, Assoziationen zum Fußball herstellte. Ich dachte wehmütig an die flotte erste Hälfte, der Beziehung, die, wie in einer Jugendliebe üblich, durch Abwechslungsreichtum, schwere Fouls, aber auch durch wunderschöne Tore gekennzeichnet war.

Der Gedanke, an die obligatorische Halbzeitpause einer Teenagerbeziehung, ließ mich lächeln. Interessant, was man in einer kurzen Pause alles lernen kann, wenn man die richtigen Trainer hat. Dennoch freut man sich immer auf das Ende der Halbzeitpause.

Trotz des Vorsatzes, die zweite Hälfte besser zu gestalten als die erste, zeichnete sie sich vor allem durch vergebene Chancen, Müdigkeit, Unsportlichkeit und Fehlpässe aus.

Die abschließende Nachspielzeit kam mir nur mehr als Verlängerung des Grauens vor. Wir einigten uns auf ein Unentschieden und waren beide, wie auch die Zuschauer, froh, dass es vorbei war.

---

[15] Es liegt in der Natur des Österreichers, dass gleich schwere negative Gefühle mehr wiegen, als positive. Die Kalibrierung der österreichischen Gefühlswaage entspricht keiner anerkannten europäischen Norm, was einerseits unglaublich enervierend sein kann, andererseits aber das größte Unterscheidungsmerkmal des typischen Österreichers zum Rest der Welt ist und deshalb gehegt und gepflegt werden sollte.

In meiner Depression dahinvegetierend, war eine Impression stark irritierend:

Ein attraktiver Mann, Ende 20, Anfang 30, wie ich vermutete, betrat das Lokal. Er sah sich um und kam dann entschlossen direkt auf mich zu. Als er beinahe am Tisch anstieß, drehte er wieder um, blickte zu Boden und ging in Richtung des Ausgangs. Kurz vor der Tür machte er wieder kehrt, bückte sich plötzlich vor mir und tauchte unter den Tisch. Ich wusste nicht, wie ich mich verhalten sollte, ob ich belustigt oder wütend reagieren sollte, dass ein fremder Mann plötzlich unter dem Tisch bei meinen Beinen herumkroch. Also verhielt ich mich vorläufig neutral und stellte eine Frage:

„Suchen Sie etwas Bestimmtes, haben Sie etwas verloren?"

„Ja", antwortete er, „meinen Mut. Er muss hier irgendwo sein, denn als ich hereinkam war er noch da!"

Im Gegensatz zu mir entkam ihm nicht einmal ein Lächeln.

„Ich denke, ich habe ihn wieder gefunden. Entschuldigen Sie bitte meine …. Es tut mir leid. Ich dachte nur, Sie sehen so bedrückt aus und wollte Sie deshalb ein bisschen aufmuntern. Nur auf dem Weg zu Ihrem Tisch verlor ich die Courage und musste mich noch einmal überwinden. Darf ich mich setzen?"

Irgendwie belustigte mich der Fremde und es ergab sich ein entspanntes Gespräch, in dem ich die Zeit vergaß und ihm schließlich auch gestand, Silvester heuer zum ersten Mal alleine zu verbringen. Nach einer längeren Gesprächspause fragte er mich:

„Das heißt, dass heuer niemand eine Rakete für Sie abfeuern wird?"

„Ja, leider sieht es so aus. Andererseits sind diese Raketen für mich ohnehin zu laut!", antwortete ich ihm, obwohl mir die Frage etwas zu zweideutig erschien.

„Dann habe ich vielleicht etwas für Sie …", lächelte er wissend.

Er bestellte einen doppelten schwarzen Tee. Während ich genauso verwirrt war, wie die Kellnerin, harrte ich wortlos der Dinge. Nachdem ihm die Kellnerin das heiße Wasser mit zwei Beutel Tee gebracht hatte, machte er sich umgehend an die Arbeit. Er steckte eines der beiden Teesäckchen unspektakulär in das heiße Wasser, zog aus dem anderen die Schnur und öffnete die Klammer mit seinen Fingernägel. Er rollte das Säckchen auf und leerte den Inhalt in den Aschenbecher. Danach stellte er die Rolle senkrecht auf den Tisch, blickte auf die Uhr, nahm die Kerze und zündete das Beutelpapier an. Als das Papier zur Hälfte abgebrannt war und ich mich schon fragte, ob er jetzt gänzlich übergeschnappt war, begann er zu zählen.

„3, 2, 1, ..“

Plötzlich hob das brennende Papier raketenartig ab und flog, wie von Zauberhand bewegt, geräuschlos in die Höhe.

„Ein wunderschönes Neues Jahr!“

Es war genau 0:00 und ich hatte nicht einmal mitbekommen, dass alle anderen Lokalgäste nach draußen gegangen waren, um sich das geräuschvolle und farbenprächtige Feuerwerk am Sternenhimmel anzusehen. Ich hatte eine ganz spezielle, lautlose Rakete für mich persönlich erhalten und war Silvester doch wieder nicht alleine.

▯

Damit schloss sie mit der eben beendeten Beziehung zu ihrer Jugendliebe auch emotional endgültig ab und begann eine neue. Diese sollte bis zu einem bestimmten Zeitpunkt so weiter gehen …

Exkurs - Perspektive

Willis Versuch den Trapp zu finden war dezent gesagt eine Pleite. Anna hingegen hat, ohne es bewusst vorgehabt zu haben, eine Bekanntschaft gemacht, die auf den ersten Blick sogar Erfolg versprechend schien.

Annas und Willis Einstellungen waren von Grund auf verschieden. Während Willi krampfhaft versuchte, den Trapp zu finden, ist Anna mit der Einstellung im Lokal gesessen, einen Abend allein verbringen zu müssen. Aber meistens kommt es anders, als man denkt. So auch in diesem Fall.

Über das Thema der richtigen Einstellung gibt es Unmengen an Büchern. Im Wesentlichen existieren dennoch nur zwei Kategorien:

1. Gehen Sie vom Schlimmsten aus, dann wird es besser werden!

2. Sie müssen es sich nur wünschen, dann wird es auch eintreffen!

Viele Menschen kaufen sich Bücher der ersten Kategorie. Ungefähr genau so viele kaufen sich welche der zweiten. Aber darüber möchte ich gar nicht sprechen. Um es abzukürzen – sollten Sie eher faul, pessimistisch oder hoffnungslos sein, kaufen Sie sich ersteres. Irgendwo bei den großen alten Philosophen entdecken Sie bestimmt etwas. Wenn Ihr Charakter mehr zum Aktionistischen, Blauäugigen oder Naiven tendiert, bedienen Sie sich in der Buchhandlung ein paar Meter daneben. Mit Sicherheit finden Sie in dem zumeist großen Esoterik-Bereich was Sie suchen.

Ich möchte Sie also nicht mit der „richtigen Einstellung" quälen, vielmehr geht es mir um die Wahl des richtigen Standpunkts, der Perspektive. Sowohl Willi als auch Anna erleben ihre Umwelt aus ihren individuellen Perspektiven, die sich wesentlich voneinander unterscheiden. Wenn Sie gerne Dinge aus Ihrem persönlichen Blickwinkel betrachten, haben Sie in Willis Part der Geschichte die Chance dazu. Sollten Sie sich irgendwie zu Anna hingezogen fühlen, oder eine objektive Perspektive bevorzugen, ist auch das möglich. Sollte es Ihnen egal sein (und es gibt immer welche, denen es egal ist) lesen Sie am besten nur die Exkurse. Selbstverständlich, und jetzt nähern wir uns dem Clou der Sache, ist es auch möglich, beide Perspektiven zu verinnerlichen.

Denn darum geht es in Wirklichkeit im Leben. Entscheidend ist die richtige Perspektive. Wenn Sie die richtige Perspektive wählen kann Ihnen gar nichts passieren. Wenn Ihnen etwas passiert, dass Ihnen gefällt, dann wählen Sie am besten die sehr egozentrische Perspektive – es wird Ihnen noch mehr gefallen. Wenn Ihnen etwas Negatives zustößt, dann wechseln Sie sofort Ihren Standpunkt und somit Ihre Perspektive. Werden Sie objektiv, oder wenn es etwas ganz Schreckliches ist, stellen Sie sich vor Sie wären am Mond, dann wird alles viel weniger dramatisch.[16]

Wenn es Ihnen egal ist (ach ja, und es gibt immer welche, denen es egal ist), tun Sie was Sie wollen. Sie wählen dann im Idealfall keinen Standpunkt, sondern gehen einfach weiter. Bleiben Sie erst wieder stehen, um einen Standpunkt zu beziehen, wenn Ihnen etwas nicht mehr egal ist. Dieser Hinweis ist übrigens nicht zu verachten. Man muss nämlich nicht zu jedem Thema einen Standpunkt einnehmen und die Perspektive ausrichten. Dazu müssten Sie viel zu oft stehen bleiben, was Ihnen zuviel Zeit Ihres Lebens nehmen würde. Man muss nicht bei jeder Kreuzung stehen bleiben, es gibt schon genügend rote Ampeln im Leben. Wählen Sie also mit Bedacht, was Ihnen nicht egal ist.

---

[16] Ich nehme gerne Neptun oder Saturn – weiß aber nicht warum.

Wenn Sie aber einmal beschlossen haben, einen Standpunkt einzunehmen, ist immer entscheidend, die für Sie beste Sichtweise zu finden. Es kann ja durchaus auch sein, dass man etwas Negatives gerne negativ empfinden möchte, dann bleiben Sie einfach für eine Weile in der egozentrischen Perspektive.

In positiven Bereichen klingt das ja noch einleuchtend, aber seien Sie ehrlich – wie oft haben Sie in letzter Zeit, wenn Ihnen etwas Positives passiert ist, schon einmal den Rest der Welt um Sie herum vergessen, über das ganz Gesicht gegrinst und einen Luftsprung mit anschließendem Purzelbaum gemacht? Oder für sich alleine aus vollem Herzen gelacht und im Garten herumgetanzt?

Im negativen Bereich gibt es das klassische Beispiel des Todes eines Nahestehenden. Das passiert früher oder später jedem von uns und lässt sich nicht vermeiden. Es gibt unzählige Möglichkeiten, objektive Blickwinkel würden vielleicht eröffnen, wäre die Person nicht heute gestorben, dann morgen oder an einem anderen Tag. Menschen, die eine subjektive Perspektive bevorzugen, werden Trauer und Schmerz tief verspüren. Es besteht ja die Möglichkeit, den Perspektivenwechsel erst nach ein paar Tagen oder Wochen zu vollziehen. Die radikalste Perspektive in Todesfällen, die ich nicht unerwähnt lassen möchte, ist jene des Bestattungsunternehmers oder die des Wurms am Friedhof.

Doch das sind Extremsituationen, die im Normalfall nicht allzu häufig eintreten. Viel öfter passiert einem etwas, das dumm oder peinlich erscheint. Wer es schafft, in diesen Augenblicken die Perspektive eines Geschichtenerzählers einzunehmen, wird darüber lachen können.

Der „situative Perspektivenwechsel", wie wir dieses Vorgehen gerne bezeichnen mögen, soll aber kein Freibrief sein, gewisse Dinge nach einem Fehlschlag oder Misserfolg aufzugeben. Wenn Ihnen etwas wichtig ist, bleiben Sie in der egozentrischen Perspektive. Nach dem siebenundvierzigsten Fehlschlag wäre der Wechsel dann aber doch angebracht!

Wenn Sie es schaffen, in jedem Moment Ihres Lebens die Perspektive einzunehmen, die für Sie gerade richtig ist, dann kann nichts schief gehen. Es lohnt sich in jedem Fall, darüber nachzudenken. Es sei denn, aber das habe ich bereits erwähnt, es ist Ihnen egal (und es gibt immer welche, denen es egal ist)!

Unseren beiden Freunden hätten jedenfalls Perspektivenwechsel nicht geschadet. Willi hätte den Alkohol nüchtern betrachtet vermieden und Anna hätte sich rechtzeitig Zeit genommen, um Körper und Geist eine Ruhepause zu gönnen.

Aber nun gehen wir am besten wieder weiter in Willis subjektiver und Annas objektiver Geschichte.[17]

---

[17] Und wie bereits erwähnt: Einstellung können Sie haben, welche Sie wollen. Kaufen Sie sich einfach ein Buch, der bereits erwähnten Kategorien! Oder haben Sie schon eins?

3 Shopping

Letzter Einkaufssamstag vor Weihnachten – der Alptraum jedes Shopping-Phobisten. Die Shopping-Phobie tritt immer wieder mit unvermittelter Härte ein, da Menschen, die von dieser Krankheit befallen sind, versuchen, ihr so lange als möglich auszuweichen und dadurch meist den ungünstigsten Zeitpunkt auswählen, sich der Krankheit zu stellen. Die Krankheit existiert in mehreren Stufen. Die leichteste Form nennt sich Einkaufsallergie. Symptome sind Nervosität, feuchte Hände und leichte Unausgeglichenheit – diese Erscheinungen nehmen linear mit der Nähe zum Ort des Einkaufs bzw. mit der Dauer des Einkaufs zu. Da die Krankheit erstmals, wie könnte es anders sein, im amerikanischen Raum entdeckt wurde, lautet die Formel folgendermaßen:

Intensity of Symptoms (IoS) = Shopping-Duration [h] / Point of Sale Distance [km]

Die beiden Größen sind exakt definiert: „Shopping Duration" bezeichnet den Zeitraum vom Fassen des Entschlusses Einkaufen zu gehen bis zum aktuellen Zeitpunkt. Letztmöglicher Zeitpunkt ist jener der Rückkehr zum geografischen Ort dieses Entschlusses (in Stunden) – selbstverständlich aber nur dann, wenn alle Preisetiketten der gekauften Ware entfernt wurden. Als „Point of Sale Distance" versteht man den Abstand zum Eingang eines Kaufhauses, Shoppingzentrums oder dergleichen (in Kilometern), wobei für den Eingang selbst ein Minimalwert von 1 m angenommen wird.

Die schwerste Form – und unglücklicherweise auch jene, unter der ich leide – ist der Einkaufskollaps, wobei sich diese Stufe durch unrhythmische Herztätigkeit, chronische Magengeschwüre, häufige Schweißausbrüche und hohem gleich bleibenden Zornpegel, mit sich darauf aufsetzenden regelmäßigen Wutausbrüchen bemerkbar macht. Auch diese gefährlichste Ausprägung ist abhängig von Entfernung und Dauer. Ihre Auswirkungen sind in diesem Falle aber nicht mehr linear sondern exponentiell.

Intensity of Symptoms (IoS) = (Shopping-Duration [h] / Point of Sale Distance [km])²

Die Gefährlichkeit der Symptome wird in Etappen angegeben, ein Wert größer 1 gilt schon als möglicherweise lebensbedrohlich, größer 1.000 als mit Sicherheit lebensbedrohlich, größer 1.000.000 als mit hoher Unwahrscheinlichkeit überlebensmöglich und außerdem dumm.

Der Grund das zu erzählen liegt darin, meinen jeweiligen Gefühlszustand der kommenden Stunden vermitteln zu können, ohne den Erzählfluss unterbrechen zu müssen. Sie können nun nämlich selbst mitrechnen. Etwaige externe Einflüsse, wie beispielsweise den immer noch vorhandenen Kater, können Sie in der Berechnung einfach berücksichtigen, indem Sie die Symptomsintensität verdoppeln.

Also um ca. 08:14 und ca. 9 km vom Shopping-Zentrum entfernt, entschloss ich mich dazu, Weihnachtseinkäufe zu erledigen …

Zwei Stunden, einem aus schwarzem Tee bestehenden Frühstück, einer ausgiebigen Dusche und einer durchaus riskanten Autofahrt später, befand ich mich nun in dem Einkaufszentrum, so wie einige Tausend andere Lebewesen auch. Angsterfüllt umblickend, stand mir mein IoS ins Gesicht geschrieben. Ich fühlte mich plötzlich an ein Konzert der Dave Matthews Band in New York City erinnert, genau an den Moment, als Dave Matthews gemeinsam mit 80.000 Besuchern ‚people in every direction' und ‚all the little ants are marching' in die schwüle New Yorker Nachtluft gesungen hatte. Obwohl Ameisen im Gegensatz zu Shoppern den Ruf haben, dass ihren Bewegungen ein bestimmter Sinn zu Grunde liegt, ist eine gewisse Ähnlichkeit zu den in diesem Konsumtempel vorrangig anwesenden Lebewesen nicht zu verleugnen. Neue Lebensräume (so genannte Shopping Citys) und veränderte Verhaltensmuster (ein ins Stammhirn immigrierter, den bislang Jahrtausende dominierenden Sexualtrieb verdrängender, so genannter Konsumtrieb) führten zu der Entstehung einer neuen Rasse.

Dieser homo shoppiants weist, wie die Bezeichnung vermuten lässt, eine bestimmte Ähnlichkeit zu Ameisen sowie eine unbestimmte Ähnlichkeit zum homo sapiens auf.

Wie in jeder Art, gibt es auch in dieser diverse Subspezien. Um nicht zu tief in die Naturwissenschaft abzugleiten, sei nur erwähnt, dass die am weitest entwickelte Form des homo shoppiants als homo shoppiants shoppiants bezeichnet wird und am einfachsten dadurch zu erkennen ist, dass er in Gruppen auftritt, in beiden Händen mehrere Einkaufstaschen trägt, mit mindestem einem Handy am Ohr telefoniert und gleichzeitig mit dem anderen Teil der Gruppe kommuniziert. Diese Unterart ist absolut immun gegen jegliche Art der beim normalen Menschen auftretenden Shopping-Phobie. Sie können nur in Einkaufszentren überleben, ernähren sich von Schaufensteraussichten, Aus- und Anziehen diverser Kleidungsstücke sowie Konsum. Der Grad der Gesundheit lässt sich an der Anzahl der Einkaufstaschen einfach und gesichert ablesen. Der größte und einzige natürliche Feind ist das Ende der Öffnungszeit. Im Rudel kann der homo shoppiants shoppiants durchaus auch dem einfachen Menschen gefährlich werden, besonders während der beiden Jahreszeitenwechsel (Winter- bzw. Sommerschluss-Verkauf).

Um zum Kern des Pudels oder vielmehr der Ameise zurückzukehren, verrichtete ich meine Einkaufstätigkeit, wie wenige andere Menschen und viele gemeine homo shoppiants und wahrscheinlich noch mehr ausgeprägten homo shoppiants shoppiants, und ertappte mich beim Trapping. Der potenzielle Trapp den ich entdeckte war ein äußerlich wunderschönes Exemplar …

26

Wie es weiterging …

Nach dieser ersten Begegnung hatte Anna sich mit ihrer neuen Bekanntschaft nun einige Male getroffen. Es waren unbedeutende Diskussionen, die sie so sehr mochte, wie jene, die sie führten, als sie mit dem Auto irgendwo hinfuhren und Anna bemerkte, dass er sich, im Gegensatz zu ihr nicht angurtete.[18]

„Willst du dich nicht anschnallen?", fragte sie ihn.

„Nein!"

Da er weder schnell noch unvorsichtig fuhr, war es für sie kein Streitthema und sie konnte sich entspannt darüber unterhalten, fragte aber trotzdem nach.

„Und warum nicht?"

„Da muss ich jetzt etwas weiter ausholen. Also gut. Meiner Meinung nach ist das Ganze oder zumindest mein ganzes Leben, abgesehen von irrationalen Intuitiventscheidungen, ein einziges Abwägen von Vor- und Nachteilen. Und das betrifft nicht nur die wichtigen Entscheidungen im Leben. Beispielsweise, wenn man eine Beziehung eingeht stellt man die Vorteile, die sich aus einer Partnerschaft ergeben, den Vorteilen des Single-Lebens gegenüber. Natürlich auch die Nachteile."

Anna überlegte kurz, sofort darauf zu reagieren, zückte aber dann einen imaginären Bleistift, notierte sich etwas in ihrem geistigen Notizblock und war sich sicher, noch einmal darauf zu sprechen kommen zu müssen. Lapidar antwortete sie: „Ach, ja und was hat das mit dem Gurt zu tun?"

---

[18] Um den Leser nicht zu verwirren, wird bewusst vernachlässigt, wo sie hinfuhren, denn so wie in den meisten Fällen ist auch hier das „Wo?" in Relation zur Frage „Wie?" und natürlich „Mit Wem?" von geringem Belang.

„Das ist ganz einfach, wenngleich es in Wirklichkeit schwierig ist.“, stellte er klar.

„Alles klar??“, bekräftigte sie.

„Angenommen du bist einer von vielen in der österreichischen Wohlstandsgesellschaft, die an Rückenschmerzen leiden.“

„Das kann ich mir bis zu einem gewissen Grad vorstellen.“

„Meiner Ansicht nach ist die Entwicklung dieser Krankheit, die wahrscheinlich hauptsächlich durch falsche Haltung entsteht, äußerst bedenklich. Sie gleicht sogar einer … einer Demie!“

„Was ist eine Demie?“

„Keine Ahnung, aber ich bin mir nicht sicher, ob es einer Epidemie oder einer Pandemie gleicht, deshalb habe ich den kleinsten gemeinsamen Nenner gesucht – Demie.“

„Ok, aber bitte komm endlich zum Punkt!“, drängte Anna.

„Gut, ich bin schon dorthin unterwegs, aber es wird wahrscheinlich kein Punkt, sondern ein Rufzeichen werden!“, ließ er sich nicht aus der Ruhe bringen.

„…“, schrie sie ihn an.

„Die weit verbreitete Meinung, ist wohl jene, dass die Haltungsschäden durch veränderte Lebensbedingungen hervorgerufen werden. Es ist aber, wie ich denke, nur bedingt richtig, dass sie durch eine Verlagerung der Arbeitstätigkeiten von der körperlichen zur sitzenden Beschäftigung entstanden sind. Viel wahrscheinlicher und jetzt kommt es, ist es eine Art Virus, der im Jahr 1976 an allen Orten Österreichs erstmals aufgetreten ist und es war niemand geringerer als die österreichische Regierung, die dafür verantwortlich zeichnet. Und die Wirkung wurde 1984 noch verschärft, als seine Verhütung noch zusätzlich unter Strafe gestellt wurde!“

„Du meinst die Gurtpflicht?!“ vermutete Anna ungläubig.

„Stell dir einen kalten Wintermorgen, wie den heutigen vor, minus 10°C, spät dran zur Arbeit, Müdigkeit, ein eiskaltes Auto, ein Kokon aus Hemd, Sakko, Mantel, Schal – und über all das den Sicherheitsgurt!“

„Du bist ein Freak!“, stellte Anna fest.

„Schon die Einzelfaktoren sind Bazillen“, fuhr er fort ohne zu widersprechen, „die unter gewissen Umständen Rückenschmerzen hervorrufen können, doch in Zusammenhang mit dem neuen Virus gleicht die Wirkung einem tödlichen Cocktail, der jegliche Art rückenentlastender Bewegungen vereitelt!“

Anna schüttelte ungläubig, wenn auch belustigt, den Kopf und ließ ihn kommentarlos weitermachen.

„Und jetzt kommt die Schwierigkeit, nämlich die Entscheidung! Die Gurt-Entscheidung! Legt man den Sicherheitsgurt an und ist dann eventuell einer der ca. 20.000 Fahrer und Mitfahrer, denen dieser laut Statistik seit Einführung der Verwendungspflicht das Leben gerettet hat oder möchte man verhindern, dass man einer der Millionen Österreicher ist, die unter der chronischen Krankheit leiden, die der Sicherheitsgurt hervorruft. Man muss die Entscheidung jeden Tag treffen und die Wahl lautet: eine größere Chance zu leben, mit Rückenschmerzen oder eine größere Chance nicht zu leben, ohne Rückenschmerzen!“

„Das ist aber sehr vereinfacht!“, merkte Anna an.

„Natürlich, denn die Entscheidung wird auch durch andere Dinge beeinflusst, unter anderem durch die Entscheidungsunterstützung der Regierung, die es 1984 unter Strafe stellte, seine Rückenschmerzen zu lindern. Was mir gerade einfällt ist, dass es auch interessant für die Entscheidung wäre, zu wissen, wie viele der ca. 20.000 Geretteten unter Rückenschmerzen leiden.“

„Ist das alles dein Ernst?“, frage ihn Anna.

„Nur ein bisschen …“, gab er zu und grinste.

„Schnallst du dich jetzt an?“, bat sie ihn.

„Ja, aber zuerst ziehe ich mir Mantel und Sakko aus!“[19]

Ja, das waren die Gespräche, die sie liebte und doch war da dieser Eintrag in ihrem geistigen Notizbuch, der ihr Kopfzerbrechen bereitete …

---

[19] Eine Anmerkung des Verfassers sei an dieser Stelle gestattet: es gibt noch eine Alternative zu den beiden genannten Fällen: Zu Fuß gehen. Nicht um Rücken, Geldbörse oder Umwelt zu schonen. Der einzige Grund ist: Sie brauchen die schwierige Gurt-Entscheidung nicht zu treffen!

Exkurs – Vor- und Nachteile

Vielleicht war es nicht unbedingt der richtige Moment oder das richtige Beispiel, das Leben als Abwägen von Vor- und Nachteilen zu bezeichnen – aber ist das Abwägen so abwegig?

Wären Sie am 23.12. mit Kater shoppen gefahren? Wohl eher nicht, wenn sie aber den Nachteil der Lebensgefahr verglichen hätten mit dem Vorteil, unter dem Weihnachtsbaum Geschenke präsentieren zu können, hätten Sie sich auch dafür entschieden. Stellen Sie sich den besinnlichen Weihnachtsabend vor, an dem Sie von der Familie mit Geschenken überhäuft werden, Sie diese voll aufrichtiger Freude entgegennehmen, während Ihr einziges Geschenk das Ersparen des mühsamen Geschenk-Auspackens darstellt. Der Abend würde nicht weiter besinnlich verlaufen. Willi dachte sich folgendes: „Besser vielleicht sterben, als sterben!"

Aber ist es wirklich so einfach, wie es Annas Verehrer angedeutet hat. Ist das Leben wirklich nur ein Gegenüberstellen von Vor- und Nachteilen.

Fast alle Entscheidungen, alle Aktivitäten, sogar alle Ereignisse haben Vor- und Nachteile. Man muss nur lange genug suchen. Machen Sie sich eine Liste, mit den Aktivitäten und Entscheidungen eines ganz normalen Tages. (Rauchern möchte ich an dieser Stelle empfehlen, aufzuhören – nicht um gesünder zu leben, sondern um die Liste halbwegs überschaubar halten zu können.) Dazu spiegeln Sie jeweils Vor- und Nachteile. Die Liste könnte so aussehen:

Aktivität/Ereignis/ Entscheidung	Vorteil	Nachteil
Läuten des Wecker	Munter werden	Munter werden*
Sofort aufstehen?	Mehr vom Tag	Weniger Schlaf*
Zähneputzen	Besserer Atem	Geld für Paste *
Zähneputzdauer?	Gesunde Zähne	Zeitverlust*
Frühstücken	Energiegewinn	Kaloriengewinn*
Frühstücksdauer?	Kreislaufaktivierung	Zeitverlust*
Tee oder Kaffee?	…	…
…	…	…

* Die mögliche Steigerung des Krebsrisikos können Sie außen vor lassen, denn prinzipiell erhöht scheinbar alles, das Krebsrisiko: Die Strahlung des Weckers, zuwenig Schlaf, Zahnpaste, egal was Sie frühstücken, Tee und Kaffee, … Es sei denn, Sie finden sonst keinen Nachteil, dann nehmen Sie die Krebserregung.

Ich vermute, als Denkanstoß könnte das vorerst reichen. Denken Sie die Liste für sich weiter: Aktivitäten wie Autofahren, Parken, Arbeiten, usw. oder dazugehörige Entscheidungen wie beispielsweise schnell oder langsam, vorwärts oder rückwärts, ja oder Internet surfen. Vor- und Nachteile reihen sich endlos aneinander. Das heißt aber noch lange nicht, dass Sie die Wasserwaage aus dem Keller hervorholen müssen.

Weil alle Dinge Vor- und Nachteile haben, hat auch das Abwägen von Vor- und Nachteilen Vor- und Nachteile.

Vorteile des Abwägens

- größere Entscheidungssicherheit

- wenig negative Überraschungen

- man kann mit Nachteilen besser umgehen

Nachteile des Abwägens

- zum Zeitpunkt der Entscheidung kennt man nicht immer alle Vor- bzw. Nachteile

- es könnte sehr mühsam sein, immer lange abzuwägen

- wenn man zulange nachdenkt, trifft ein anderer die Entscheidung

- Ereignisse sind nicht immer zu beeinflussen

Der einzige Ausweg aus diesem „Abwägen von Vor- und Nachteil-Leben", ist zu entscheiden, bevor man über Vor- und Nachteile nachdenkt. Man hat eine rasche und einfache Entscheidung – sie ist allerdings oft falsch.

Für Willis Gesundheit wäre es bekömmlicher gewesen, hätte er über Vor- und Nachteile des Shopping-Vorabend-Alkohol-Genusses nachgedacht.

Für Anna hingegen wäre es vielleicht besser gewesen, das Thema, das sie sich in ihrem Hirn notiert hat, sofort hervorzubringen, anstatt es nach Abwägen der Vor- und Nachteile anzusprechen. Aber dazu kommen wir erst später …

4 Beste Freundin

Die fehlenden Einkaufstaschen und der entspannte Gesichtsausdruck ließen den Schluss zu, einen nicht von einer Einkaufsallergie befallen Menschen vor mir zu haben. Während mein Herz einen Luftsprung machte, wurde ihm der Boden unter den Herzklappen weggezogen – ich entdeckte das nach dem Alkohol zweitgrößte Hindernis eines erfolgreichen Trappings – die *„beste Freundin"*.

Die *„beste Freundin"* hat zumeist die überaus lästige Angewohnheit dem Trapp Gesellschaft zu leisten. Es ist die schwierigste und höchste Stufe des Trappings, einen Trapp zu trappen, neben der *„besten Freundin"*. Genauso Erfolg versprechend ist es, zu versuchen, eine Kevlar-Schutzweste mit einem Wattestäbchen zu durchstoßen. Die lebende Kevlar-Schutzweste hat in jedem Fall (mindestens) zwei das Trapping negativ beeinflussende Eigenschaften. Einerseits die Intention, nur das Beste für die beste Freundin zu wollen, andererseits das Gefühl, nicht Zielobjekt des Partners zu sein, was noch schlimmer ist.

In meinem konkreten Fall belegte mich die anspruchsvolle und eifersüchtige Kevlar-Schutzweste, trotz vermeintlich sicherer Entfernung und bereits bevor ich jedwede Intention erkennen ließ, mit einem mehr als kritischen Blick, was mich dazu veranlasste, das Trapping abzubrechen, ehe es begonnen hatte.

Zu meiner Verteidigung muss ich folgendes anführen: Ich war nicht nur mit der *„besten Freundin"* konfrontiert, sondern hatte immer noch einen gewichtigen Kater und war zusätzlich mit einem, wie der mathematisch begabte, aufmerksame Leser mitgerechnet haben wird, achtstelligen IoS behaftet. Als mir dieser Umstand und seine Gefährlichkeit bewusst wurden, ergriff ich die Flucht. Ungefähr 100 Meter außerhalb des Shopping-Zentrums beruhigte sich mein Puls und ich konnte wieder halbwegs vernünftig denken. Heilfroh, das Abenteuer unverletzt überstanden zu haben, kehrte ich gegen Mittag zurück nach Hause. Während ich fuhr, wurde mir bewusst, dass mich wahrscheinlich das versuchte Trapping vor dem finalen Einkaufskollaps gerettet hat. Eine weitere Erkenntnis dämmerte mir aber erst, nachdem ich gegen 13:00 Uhr das letzte Preisschild von meinem Einkauf entfernte: Der kritische Blick, mit dem mich die „beste Freundin" bedachte, hatte höchstwahrscheinlich mit dem Erscheinungsbild eines Einkaufskollabierers zu tun, was mir den erneuten Reinfall meiner Trapper-Karriere erklärte und meine Hoffnung nährte, ein erfolgreicher Trapper zu werden. Jedenfalls wollte ich meine Chancen dadurch erhöhen, für meinen nächsten Versuch eine sicherere Umgebung und einen besseren Zeitpunkt zu wählen. Und ich hatte schon eine Idee …

Wie es weiterging II

Es war ein anderes Gespräch, das ihr diesmal sogar den geistigen Plakatschreiber hervorlockte. Anna und ihr Teebeutel-Raketenmann waren im Garten von Annas Großeltern, um Kirschen zu pflücken. Während er über die Leiter, die ihr Großvater vor vielen Jahren mit den Worten „die wird sicher einmal gut halten“ vollendete, auf den acht Meter hohen Baum kletterte, dachte sie darüber nach, wie sie ihn am besten fragen sollte. Annas Großeltern, seit eh und je verheiratet, erzkatholisch und moralisch gefestigt, wobei Letzteres von geringerer Dauer, stellten ihr die Frage, die sie nun an ihn weiterzuleiten gedachte.

Das Thema war die Ehe. Anna begann in Anbetracht der gefährlichen Umstände zu direkt und unvorsichtig.

„Kannst du dir vorstellen, zu heiraten?“

Mit Mühe und Not konnte er sich an einem dünnen Ast und somit am Leben halten. Innerlich hörte er ‚Hells Bells‘, während er aussah, als würden ihn Gleich- und Wechselstrom gleichzeitig oder abwechselnd durchfahren. Zitternd wie Kirschbaumlaub fragte er nach.

„Wwwie bbbitte?“, stotterte er.

„Du hast mich schon verstanden.“, sägte sie unbewusst weiter an dem Ast, auf dem er stand.

Seiner Situation nicht ganz gewahr, dachte er, dass ihm ein literarisches Zitat die richtige Antwort auf die Frage bieten könnte. Er versuchte es mit Tolkiens „Herr der Ringe“:

„Ein Ring sie zu knechten, sie alle zu finden,

ins Dunkel zu treiben und ewig zu binden!“[20]

---

[20] Ohne zu wissen, ob Tolkien verheiratet war, vermute ich doch, dass seine Einstellung zur Ehe prüfenswert wäre. Tausende umwerfende

Es war das falsche Zitat und sie blätterte bereits im geistigen Notizblock. Er blätterte in weiteren Zitaten zum Thema Ehe, konnte jedoch kein positives, nicht einmal ein neutrales finden.[21] Deshalb versuchte er es anders.

„Das zentrale Thema in der Ehe ist Sex. Und dazu müssen wir doch nicht heiraten!"

Er hatte es geschafft, sie zog den immateriellen Plakatschreiber heraus und notierte sich die Aussage. Trotzdem war sie auf seine Begründung gespannt. Furchtlos verwirrte er sich weiter im sprachlichen Geäst des Kirschbaums.

„Du musst das Ausschlussprinzip verwenden, um mich zu verstehen. Wenn man nicht verheiratet ist, kann man alles, was man machen will problemlos mit jedem oder jeder machen. Wandern, Essen gehen oder manchmal auch Kirschen pflücken. Wenn man verheiratet ist, kann man das auch immer noch. Das einzige, was man in einer Ehe nicht mit jemand anderes ohne Konsequenzen tun kann, ist …"

Er nützte seinen Monolog und Annas Verwirrung geschickt aus, um vom Baum auf die vermeintlich sichere Leiter zu klettern …

„… Sex zu haben! Also ist Sex das zentrale Thema."

Dem aufmerksamen Leser wird aufgefallen sein, dass Annas Großvater davon gesprochen hatte, dass die Leiter *einmal* gut halten wird. Da aber bereits mit dem Aufstieg „einmal" verbraucht war, kam es wie es kommen musste.

Bevor Anna wutentbrannt irgendetwas entgegnen konnte, brach eine Sprosse der Leiter und er stürzte hilflos in die Tiefe.

Seiten verfolgen ein Ziel: Die Zerstörung eines Unglück bringenden Rings.

[21] Wo denn auch - es gibt keine.

Da die gebrochene Sprosse eine der untersten war, verstauchte er sich nur leicht das Bein. Aufgrund seines schmerzverzerrten Gesichts vergaß sie natürlich das, was sie ihm entgegnen wollte. Sie brachte ihn nach Hause und führte ihn in sein Schlafzimmer, damit er sein lädiertes Bein schonen konnte.

Sein tapferer Blick und eiserner Wille, die unvorstellbaren Schmerzen ohne jegliches Zeichen von Schwäche zu unterdrücken, erregten nicht nur ihr Mitleid und so kam es wieder, wie es kommen musste. Sex war nicht nur das zentrale Thema der Ehe, sondern wird auch in vielen anderen Situationen dazu benutzt, um von den wirklichen Problemen abzulenken.

Exkurs – Religion und Ehe

Sie kennen die Gretchen-Frage? Jetzt kennen Sie auch die Anna-Frage! Die Frage nach der Ehe ist im Grunde die moderne Frage nach der Religion.

Vermutlich werden jene Menschen, welche der Gretchen-Frage mit einer positiven Antwort begegnen, mit einer höheren Wahrscheinlichkeit auch der Anna-Frage positiv gegenüberstehen, als jene, die es nicht so sehr mit der Religion halten.

Anhand der Reaktion war die Haltung unseres Kirschbaum-Luis-Trenker naheliegend. Er hält es weniger mit der Religion, denn sich am Kirschbaumast. Und zwar viel weniger. Bei Anna liegt der Fall etwas anders, wenngleich ihre Religiosität größtenteils auf Tradition beruht. Die Tradition ist es ohnehin, die viele Menschen den Glauben bewahrt.[22]

Dass man die Religion, egal welcher man angehört, nicht mit heutigen Maßstäben messen kann, scheint klar. Der heutige Mensch ist ja leider viel zu kritisch. Man stelle sich nur vor, das Christentum wäre nicht vor ca. 2.000 Jahren gegründet worden, sondern die ganze Story der Bibel würde heute ablaufen und nicht in Jerusalem, Bethlehem oder auf den Golan-Höhen, sondern in Wien-Favoriten. Da wären wir schnell fertig, Sie bräuchten sich nur die die Diskussion vorstellen, die sich ergeben hätte, wenn die Favoriten-Mitzi ihrem Joschi erzählt hätte, sie bekäme ein Kind vom Heiligen Geist. Vermutlich wäre sein Glaube ins Wanken geraten.

Bei den meisten anderen Religionen verhält es sich ähnlich, deshalb wurden in letzter Zeit wenige gegründet. Es sind richtige Traditionsreligionen, welche die meisten Anhänger haben: Judentum, Buddhismus, Hinduismus, Christentum,

---

[22] Sollte das nicht umgekehrt sein?

Islam, Real Madrid oder Rapid Wien. Alle anderen Religionen verzeichnen wenige Gläubige, sie haben keine Tradition.

Neben der Tradition gibt es zwei weitere Gründe, die den Glauben fördern und Menschen zu Religionen führen:

- Furcht (Gottesfurcht - Haben Sie sich schon einmal überlegt, was das Wort „gottesfürchtig" bedeutet? Wenn Sie mal Zeit dazu haben sollten – tun Sie es!)

- Hoffnung (Die Hoffnung auf ein Leben nach dem Tod! Stellen Sie sich folgende Frage: Was ist wahrscheinlicher: Ein Leben *nach* dem Tod oder ein Leben *vor* dem Tod?)

Ergo: Religion ist die Tradition der Hoffnung, dass die Furcht unbegründet ist![23]

So wie die Ehe![24]

Die Hoffnung stirbt zuletzt. Deswegen wird aus Tradition munter drauf los geheiratet, trotzdem voll von Furcht, dass man zu den mittlerweile mehr als 50% Scheidungsfällen gehört.

Es wird also jede zweite Ehe geschieden. Kopf oder Zahl! Beinahe wie im Casino beim Roulette auf eine Farbe zu setzen.[25]

Demzufolge bleiben einige Fragen aus der Wahrscheinlichkeitsrechnung: Kann man die

---

[23] Eine überaus intelligente Marketingstrategie: Tradition für Menschen, die von der Vergangenheit leben. Furcht für die Menschen, die in der Gegenwart leben. Hoffnung für Menschen, die an die Zukunft denken. 100 % abgedeckt.

[24] Oder Rapid-Fan zu sein.

[25] Der Vergleich hinkt: Die Gewinnchance ist im Casino höher und in der Ehe kann man auch ohne Scheidung verlieren.

Wahrscheinlichkeit erhöhen, eine Ehe einzugehen, die nicht geschieden wird, wenn man mehr als ein Mal heiratet? Oder: Wie oft muss man heiraten, um mit 99%-Sicherheit nicht geschieden zu werden? Oder: Überwiegt nach der ersten Scheidung die Furcht oder die Hoffnung? Oder: Sollten wir nicht doch eher ins Casino gehen?

Zurück zur Gretchenfrage:

- Wenn Sie hoffen, dass die Furcht unbegründet ist, sagen Sie JA!

- Wenn Sie denken, Tradition und Hoffnung verhindern ein Leben in der Gegenwart, in der Sie sich nicht fürchten möchten, sagen Sie NEIN!

Zur Anna-Frage:

- Wenn Sie sich vor der Reaktion fürchten, sagen Sie JA!

- Wenn Sie Hoffnung haben, lebendig davon zu kommen, sagen Sie NEIN!

Wenn Sie intelligent sind, täuschen Sie eine Verletzung vor!

Trotz intensivster zerstörerischer Bemühungen des Kirschenpflückers war Annas Glaube an Ehe noch nicht gebrochen. Sogar Willi glaubte an seine Chance – als Trapper.

5 Masterplan

Samstag, 23. Dezember. Wann könnten meine Chancen höher stehen, als kurz vor Weihnachten? Jene Zeit, in der das Allein-Sein angeblich am schwierigsten ist, jene Zeit in der die Menschheit, oder zumindest jene, die mit Weihnachten etwas anfangen können, auf das Kommen des Erlösers wartet. Vielleicht will ja auch mein Trapp vom Alleinsein erlöst werden.

Gut, der Zeitpunkt schien mir ideal, jetzt galt es noch den passenden Ort zu finden, um meine Erlöserrolle improvisieren zu können. Na klar – ein Jazz-Club, kreative Improvisation eines Messias kann nur funktionieren zu Klängen von Miles Davies oder Louis Armstrong.

Ich besuchte also einen mit Marmorböden ausgelegten Jazz-Club. Ein absolutes In-Lokal, es war so In, dass die wenigsten davon wussten. Es gab nicht einmal Live-Musik, da sich das durch die wenigen, die vom Lokal wussten, nicht finanzieren konnte. Es hatte trotzdem Flair, weil die meisten, nämlich die, die vom Lokal nichts wussten, draußen blieben.

Dave Brubeck's ‚Unsquare Dance' genießend, fielen meine Gedanken zwangsläufig auf eine der wenigen Kultsendungen des österreichischen Fernsehens, nämlich das Panoptikum und demzufolge auf Kuriositäten des Lebens. Kurios war leider auch, dass ich den bestmöglichen Zeitpunkt und den perfekten Ort gewählt hatte, nur weit und breit kein entsprechender Trapp zu sehen war.

Als ich wieder im Wellental der Hoffnung angekommen zu sein schien, öffnete sich die Tür und da war sie, sah sich mehrmals um, ging dann direkt auf mich zu und setzte sich ohne zu zögern an meinen Tisch.

Sie verzauberte mich auf Anhieb: Sie hatte einen perfekten Körper, bestehend unter anderem aus 63 % Sauerstoff, 20

% Kohlenstoff und 10 % Wasserstoff. Ihre 3 % Stickstoff raubten mir den Atem. Der Phosphoranteil ihres Körpers lag mit Sicherheit weit über den ungefähr 1 % anderer Frauen, so sehr blendete mich ihre Schönheit. Um das auszugleichen ließ ihr betörender Duft einen unterdurchschnittlichen Schwefelanteil vermuten.

Calcium, Kalium, Chlor, Natrium, Magnesium, Kupfer, Mangan, Eisen und Jod waren in perfektem Verhältnis zueinander. Sie sah mich auffordernd und -reizend an und schien von mir zu erwarten, das Gespräch zu eröffnen. Ich war hin und weg. Leider auch meine Muttersprache.

Während Pharoah Sanders' ‚The Creator has a Masterplan' aus seinem Saxophon und den Boxen des Clubs erklang, suchte auch ich fieberhaft nach einem Plan. Ich fand keinen, deshalb kupferte ich ab:

„Guter Plan", sagte ich.

„Bitte?" Dieses eine Wort reichte aus, um mir das vollkommene Calcium ihrer Zähne zu präsentieren.

„Peace and happiness for every man", meinte ich in Anspielung auf den Song.

„Chauvinistisch, meinst du nicht?"

„Ich kann es leider nicht ändern", verteidigte ich mich.

„Doch kannst du schon", widersprach sie mir und beantwortete meinen verständnislosen Blick ohne zu zögern. „Heute Nacht könntest du zumindest einer Frau ein bisschen peace and happiness verschaffen …"

In meinem Gehirn sank der Sauerstoffanteil bedenklich, was dem Denken bekanntlich nicht sehr förderlich ist. Die dadurch entstandene geringe Gehirntätigkeit zeichnete sich auf meinem Gesicht ab. Das Denken übernahm Pharoah Sanders' Outro für mich: ‚yeah, yeah, yeah, yeah, yeah, yeah, yeah, yeah, yeah, yeah, yeah, …'

Das Sprechen leider nicht. Die Sauerstoffatome, die aus dem Gehirn verschwanden, tauchten unvermutet in meiner Mundhöhle auf, verbanden sich mit jeweils zwei Wasserstoffatomen und sonstigen, in einem typischen Männermund vorhandenen, Elementen zu flüssigem und in diesem Moment sehr überflüssigem Speichel.

Während ich versuchte, den Speichel in tiefere Körperregionen zu zwingen, um meiner Zunge die nötige Bewegungsfreiheit zu verschaffen, stand sie unvermutet auf und zeigte Anstalten das Lokal und somit auch mich zu verlassen. Mein bereits nicht sehr intelligent aussehendes Gesicht verwandelte sich in eine hässliche Fratze blanken Entsetzens. Der Jazz mutierte zu einem traurigen Blues, denn aus den Lautsprechern erklang plötzlich John Lee Hooker.

Sie ging trotzdem, denn leider waren es wieder nur meine Gedanken, die ihr lauthals ‚Baby please don't go' nachriefen.

Nachdem ich wieder klar denken konnte und mir im Geiste das Leben nahm, fiel zuerst der Phosphor-Schleier von meinen Augen, dann mein Blick auf zwei Wörter, die auf einem Zettel standen, der auf dem Tisch lag, der auf dem Marmorboden stand, der wiederum auf der Erde stand, die plötzlich imaginär zu beben begann. Die beiden Wörter lauteten: „Warte draußen!"

Nach endlos erscheinenden Augenblicken des chronologisch parallel verlaufenden Zahlens, Jackeanziehens, höflich Verabschiedens, Hinaussprintens, Türöffnens und -schließens, empfing mich die schöne Unbekannte mit einem herzhaften Lachen, denn das parallele Türöffnen und -schließen hatte durchaus schmerzhafte Folgen.

Während ich eine Hand zur schmerzenden Nase führte, führte ich sie, die noch freie Hand anbietend, zu meiner Wohnung …

6

[26]Die sexuelle Appetenz der beiden steigerte sich in unvermutete Ausmaße. Östrogene und Testosterone bildeten und vermehrten sich. Der Sauerstoffanteil im Raum verringerte sich auf ein Minimum und flüchtete unter das Bett.

Die beiden Schädel näherten sich wie in Zeitlupe, um bei einem Abstand von ca. 11,53 cm für ca. 5,4 Sekunden scheinbar unbewegt zu verharren.[27]

Nach diesem scheinbaren Stillstand bewegten sich die beiden Münder mit einer Geschwindigkeit von ca. 0,0864 km/Stunde stetig aufeinander zu – ein Zusammenstoß schien unvermeidlich. Ca. 4,8 Sekunden nach dem Zwischenstopp passierte es: Die Münder kollidierten mit unverminderter Geschwindigkeit und die beiden, vormals innerhalb der jeweiligen Münder befindlichen Zungen, nutzten die bestehende Geschwindigkeit, die Trägheit der Masse und die jeweiligen schmalen Öffnungen zwischen den Ober- und Unterlippen, um sich urplötzlich in beiden Mündern zu befinden.[28]

---

[26] Um die exakten Vorgänge der folgenden sexuellen Aktivität besser beschreiben zu können, erfolgt diese nun nicht aus der subjektiven Sicht unserer Protagonisten, sondern aus der Betrachtung des objektiven voyeuristischen Verfassers. Der Einfachheit halber werden die weibliche Hauptdarstellerin mit X und der männliche Protagonist mit Y abgekürzt. Außerdem können Sie dieses Kapitel auch für beide Handlungsstränge verwenden, indem Sie für X und Y, sowohl die schöne Unbekannte und Willi, als auch Anna und ihre Eroberung einsetzen. Das erspart mir ein paar Seiten.

[27] Die beiden Schädel waren scheinbar unbewegt. Andere, an dieser Stelle noch nicht näher bezeichnete Körperteile hingegen bewegten sich sehr wohl. Besser gesagt, dehnten sich aus.

[28] Der Austausch der Körperflüssigkeiten, der damit einherging, inklusive der dadurch hervorgerufenen chemischen Reaktionen werden,

Diverse physikalisch-mechanische Vorgänge bewirkten, dass sich gewisse Kleidungsstücke von ungewissen Körperstellen lösten. Ohne den Krieg der Zungen zu unterbrechen schaffte er es auch den Haken des wohl wirklich einzigen, den Frauen vorbehaltenen, roten Kleidungsstücks aus der Öse zu lösen und von ihren – wie durchschnittliche Männer behaupten würden – wohlgeformten Brüsten zu streifen. Dieser Mundkusszungenkrieg und die Öffnung eines Büstenhalters sind, wie sich Historiker, Psycho- und Biologen einig sind, die einzigen beiden Prozesse, die der durchschnittliche männliche homo sapiens gleichzeitig vollführen kann. (Es hängt natürlich vom Schließmechanismus des Büstenhalters und manchmal auch von dessen Farbe ab - die Feinmotorik beeinträchtigende Einflussfaktoren, wie Drogen und Alkohol seien hier außer Acht gelassen.)

Die erigierten Brustwarzen bildeten, abgesehen von den immer noch untrennbar miteinander verbundenen Mündern und Zungen, und den sich in tieferen Regionen befindlichen Händen, die einzigen Berührungspunkte des Körpers der X zu Y's Körper. Die immer noch in caudaliser Richtung fuhrwerkenden Finger der Unbekannten bewirkten aber innerhalb weniger Augenblicke, dass eines seiner Körperteile orthogonal mobil wurde und plötzlich mit einem ihrer Schenkel in Verbindung trat.

Diese Berührung löste eine weitere Reaktion aus. Ein blitzartig entstehender Magnetismus der Körper ließ eine Anziehungskraft zwischen den ca. 15 kg Kohlenstoff im Körper des Mannes und den ca. 0,0023 kg Eisen im Körper der Frau entstehen. Die beiden Körper versuchten sich nun an so vielen Körperteilen und -stellen wie möglich, zu

---

ebenso wie olfaktorische Details, aus Gründen des Anstands nicht genauer erläutert.

berühren, ungeachtet der ursprünglichen Bauweisen und Funktionen ebendieser.

Besondere Beachtung bei dieser Berührungswelle erfuhren jedoch die durch veränderten Blutdruck angeschwollenen Körperteile, wobei sich hierbei die Situation für X, die ihre Aufmerksamkeit auf einen einzigen Muskel konzentrieren konnte, einfacher darstellte, als für Y, der zwischen mehreren geschwollenen Stellen auswählen musste.[29]

Aus Gründen der Einfachheit (und vielleicht auch der Lust) versuchten die beiden, die mit Blutstau beeinträchtigten Körperteile direkt miteinander in Verbindung zu bringen. Nachdem sich, unterstützt durch Absonderungen der Bartholinschen Drüsen, der geschwollene Muskel Y's durch und in die ebenso geschwollenen Muskeln von X gepresst hatte, reichten einige Minuten rhythmischer und unrhythmischer Bewegungen, untermalt mit heftigem, ins Keuchen und Stöhnen abgleitende, Atmen und sich wiederholende Kurzwörter wie „JA!" und „OH!", in unterschiedlichem Tonfall und steigernder Frequenz und Lautstärke aus, um gepaart mit komplizierten Vorgängen in gewissen Drüsen, sowohl bei Y als auch bei X nicht näher erläuterte Körperflüssigkeiten abzusondern.

Die darauf folgende Phase der Normalisierung des Hormonspiegels und Blutdrucks, einhergehend mit der Verringerung der Körperoberfläche wird aus Gründen des Erhalts der Spannung nicht näher erläutert. Einzig erwähnenswert ist die Tatsache, dass der Sauerstoffanteil im Raum unter dem Bett hervorkam, sich umblickte und vergewisserte, dass das Treiben beendet war und sich wieder auf die ursprüngliche Größe im Raum ausbreitete. Östrogene und Testosterone verschwanden ebenso schnell

---

[29] Dieser Umstand gestaltet es andererseits einem männlichen, unbedarften Anfänger einfacher, da er auch ohne jegliche Kenntnisse weiblicher Anatomie usw. viel eher die Chance hat, rein zufällig einen „richtigen" Körperteil zu berühren.

wie sie gekommen waren – nicht ohne ihre Duftnoten zu hinterlassen.

Doch leider waren die unzähligen Geschlechtshormone nicht die einzigen, die am frühen Morgen danach verschwunden waren ...

Exkurs – Geschlechtsverkehr

Jedes Buch das den Status einer gewissen Seriosität erheben möchte, muss in irgendeiner Form das Thema Sex behandeln. Die Rolle, die der Geschlechtsverkehr in der Gesellschaft spielt, ist zentraler, als der Mittelpunkt eines Kreises. Um nun der Seriosität dieses Buches genüge zu tun, folgt eine kurze Abhandlung der Materie des Geschlechtsverkehrs.

Der Geschlechtsverkehr ist, wie der Name besagt eine besondere Art des Verkehrs, wie zum Beispiel auch der Straßenverkehr. Im Folgenden werden nur einige wenige Gemeinsamkeiten bzw. Unterschiede zwischen dem Straßen- und dem Geschlechtsverkehr dargelegt. Das bietet Ihnen die Chance, sich bei den Beispielen, nur jene des Straßenverkehrs bildlich ausmalen zu müssen. Dem Autor verschafft es die Möglichkeit sich von Obszönitäten aller Art distanzieren zu können.

Verkehr

Der Straßenverkehr befördert Personen und Güter. Der Geschlechtsverkehr befördert Körperflüssigkeiten und Geschlechtskrankheiten.

Verkehrsregeln

Es gibt in beiden Arten Unmengen an Verkehrsregeln. Manche stören. Doch empfiehlt es sich, die Regeln einzuhalten. Bei Nichteinhaltung drohen saftige Geldstrafen, Verkehrs- oder Freiheitsentzug.

Verkehrsfunk

Sowohl im Straßen- als auch im Geschlechtsverkehr gibt es Verkehrsfunk, welcher vor Problemen und Verkehrsbehinderungen warnt. Voraussetzung ist, die Antennen auszufahren.

Institutionen und Organisationen

In beiden Verkehrsarten gibt es Möglichkeiten und Wege schnell und ohne Umwege verkehren zu können. Der Preis dafür ist in all diesen Einrichtungen relativ hoch.

Verkehrsberuhigung

Die beste, effektivste und sicherste Form der so genannten Verhinderung der Dynamik des Verkehrs ist da und dort die gleiche, nämlich das Alter.

Verkehrszeichen

Die häufigsten Zeichen treten in beiden Verkehrsarten auf. Willi beispielsweise hatte das Verkehrszeichen für Einbahn übersehen. Annas Freund missachtete hingegen das Schild „Schleudergefahr". Klassische Beispiele für Zeichen, welche den Verkehrsfluss negativ beeinflussen, sind folgende: Stopp, Einfahrt verboten, Achtung Kinder oder Parken und Halten verboten. Es gibt auch positive Verkehrszeichen (Gebotszeichen): Autobahn, Ende des Park- und Haltverbots, usw.

Verkehrsmittel

Es existieren unzählige Formen unterschiedlicher Verkehrsmittel. Entscheidende Kriterien für die Wahl ist meist Geschwindigkeit, manchmal auch Verbrauch oder Preis.

Verkehrsunfälle

Ursache für die Verkehrsunfälle sind in den meisten Fällen Geschwindigkeitsübertretungen oder Alkoholisierung. Ihre Auswirkungen beinhalten Sachschäden und Verletzungen.

Ordnungshüter

Für Ordnung und Sicherheit sorgen in beiden Fällen Ordnungshüter. Sie bedecken den Kopf mit Kappen oder Helmen und unterscheiden sich lediglich in Farbe und Form der Uniform. Trotz ihrer Schutzfunktion werden sie nicht zu selten als störend empfunden. Ihre Hauptaufgabe ist es, direkten Kontakt zwischen erregten Parteien zu

unterbinden. Oftmals erwirkt alleine schon ihre Präsenz
eine präventive Beruhigung der Gefühle.

Verkehrswege

In allen Verkehrsarten gibt es unterschiedliche Wege, die
zum Ziel führen. Fast alles ist erlaubt. Manchmal sind sogar
Umwege erwünscht.

Verkehrsprobleme

Ein großes Problem, dass Straßen- und Geschlechtsverkehr
gemeinsam haben, ist jenes, dass die verschiedenen
Verkehrsteilnehmer fast nie zum richtigen, und ganz selten
zum gleichen, Zeitpunkt zum Ziel gelangen.

Aus diesen Betrachtungen lassen sich einige Hinweise
ableiten. Als für beide Verkehrsarten geltende Tipps seien
angemerkt:

- Beachten Sie die Zeichen – das bringt Sie sicher
  ans Ziel!

- Lassen Sie sich Zeit, das schont die Umwelt!

Eine Ab- und Anleitung, die sich etwaige Verkehrs- oder
Umweltminister zu Herzen nehmen sollten und die wirklich
zu einer erheblichen Senkung der Umweltbelastung führen
würde, ergibt sich aus folgender Überlegung:

Da eine Reduktion des Gesamtverkehrsaufkommens nicht
zu erwarten ist, sollte eine Verlagerung des Straßenverkehrs
zu Gunsten des Geschlechtsverkehrs angestrebt werden.[30]
Ganz nach dem Motto:

„Bett statt Straße!" oder „Körperflüssigkeits- statt CO_2-
Ausstoß!"

---

[30] Man würde auch viele Staus aufheben.

7 Weihnachten und Erkenntnisse

Als ich erwachte war neben den Östrogenen auch ihre Produzentin verschwunden. Es war der frühe Morgen des 24. Dezember, das Ende des Advents und somit der Zeitpunkt der Ankunft. Die Dinge, die als erstes bei mir ankamen, waren Ernüchterung und Enttäuschung. Meine Trapper-Tätigkeit ist von einem Monster ausgenutzt worden. Um nicht Unrecht zu sprechen, es war durchaus ein schönes Monster und es gab durchaus wundervolle Momente.

Doch was mir blieb war die Erinnerung oder um mit Schopenhauer zu sprechen: „die dürre Mumie der Erinnerung". Und um die Dürrheit explizit auszudrücken, ich wusste keinen Namen, keine Adresse, keine Telefonnummer oder ähnliches, was mir helfen hätte können, um aus dem Monster einen Trapp zu machen. Eine Suche nach diversen Zetteln, auf diversen Tischen, auf diversen Parkettböden, auf der Erde, die sich in diesem Fall ungerührt und gelassen weiterdrehte, war ebenso sinn- wie erfolglos.

Folgende Rekapitulation spielte sich in meinen Gedanken ab.

Ort- und Zeitpunkt perfekt zu wählen sind noch lange keine Garantie, auf einen Trapp zu treffen, ganz im Gegenteil. Und Schönheit kann blenden, wenn der Phosphor-Gehalt eine gewisse Grenze überschreitet.

Da aber Gedanken sehr oft vielfältig sind und somit in einem Gehirn mehrere Meinungen auftreten können, entwickelte sich zum Thema Schönheit ein fragwürdiger Meinungsaustausch nahe meiner Großhirnrinde. Die Debattierer waren unterschiedliche Teile meines Gehirns, die der Einladung zum Diskussionsabend nachgekommen waren.

„Man kann bei einer Suche nach einem Trapp das Aussehen nicht vernachlässigen“, dachte der ästhetische Teil. „Ich finde alle Menschen sind schön - es kommt nur auf die richtige Entfernung an“, unterbrach ihn der optimistische Teil. Das konnte der pessimistische Part nicht auf sich sitzen lassen und entgegnete: „Ja natürlich, man muss nur weit genug weg sein! Denn umgekehrt könnte man sagen, dass fast alle Menschen hässlich sind, wenn man nicht den richtigen Abstand einhält, oder habt ihr euch schon einmal ein Nasenloch aus ca. 32 mm Entfernung angesehen?“

Plötzlich meldete sich der Naturwissenschaftler: „Mathematisch korrekt hat nicht nur die Entfernung Einfluss auf die Schönheit, sondern ergibt sich die Größe der Schönheit aus einer komplizierten Formel mit Variablen wie Lichtverhältnisse, Sehstärke, Mondphase, Anteil bewusstseinsverändernder Stoffe im Blut und eben der Entfernung, verbunden mit einigen Wurzeln und Potenzen. Wobei junge Wissenschaftler künftig beweisen wollen, dass auch die ‚Möglichkeit der Auswahl in Raum und Zeit‘ Schönheit beeinflusst.“

Der experimentelle Part meines Denkapparats schloss sich mit dem ironischen zu einer Gruppenarbeit zusammen: „Das würde bedeuten, ein einäugiger Blinder könnte bei strahlender Finsternis, nach eineinhalb Flaschen Absinth aus 2.587 m Entfernung die Schönheit einer 74-jährigen und 40mal so schweren Elefantenkuh, mit der einer 24-jährigen und doppelt so leichten Miss Universe aus Venezuela gleichsetzen. Selbstverständlich nur dann, wenn nach 42 Jahren absoluten Alleinseins, irgendwo in der Antarktis, die Elefantenkuh das erste Lebewesen ist, das ihm begegnet und der Mond im Zeichen der Venus steht … – und Amor transpiriert.“

Ich beendete die Debatte mit der Erkenntnis der beiden „Schönheitlichen Relativitätstheorien“. Die „Allgemeine Schönheitliche Relativitätstheorie“ besagt, dass Schönheit relevant relativ ist, während die „Spezielle Schönheitliche Relativitätstheorie“ behauptet, dass Schönheit relativ relevant ist.

Um meinen Gemütszustand aufzubessern, beglückte ich meine Stereo-Anlage damit, eine CD der Dave Matthews

Band, und mich damit, ein Buch von Douglas Adams lesen zu dürfen.

Jedoch beim Lesen fühlte ich mich genauso verloren im Universum wie Arthur Dent und als dann noch der Song ‚Tripping Billies‘ aus den Boxen ertönte, war es gänzlich um mich geschehen. Ich sah mich zwar eher als Trapping, denn als Tripping Billy, versuchte aber trotzdem die Anweisungen aus dem Song zu befolgen, die da lauteten ‚Eat, drink and be merry …‘. Zumindest zu zwei Dritteln gelang mir das vortrefflich. Es war ja der Heilige Abend.

364 unheilige Abende wartet man, bis es endlich wieder soweit ist – der Ritualausübungshöhepunkt des Jahres. An keinem anderen Tag im Jahr werden so viele verrückte Dinge gemacht, wie an dem längsten Abend des Jahres. Ich dachte daran, was ich von meinem Nachbarn halten würde, wenn er am 13. Juli beginnen würde, die Bäume in seinem Garten mit Schokolade zu behängen.

Jedes Jahr stelle ich mir wieder dieselben unbeantworteten Fragen.

- Wie viele Herzen kann George Michael noch spenden?[31]

- Welche kranken Gehirne lassen sich diese weihnachtliche Dekoration einfallen?[32]

- Warum erfindet niemand ein alkoholisches Heißgetränk das gut schmeckt?[33]

---

[31] Angeblich gibt es schon eine Aktivistengruppe, um der Menschheit den Gefallen zu tun, endlich „someone special“ zu finden. Sie nennt sich „Someone-Special-Force“.

[32] Es gibt jegliche Art vorstellbarer und unvorstellbarer Dekorationsgegenstände, davon jede Farbe und jede Sorte zum Quadrat.

[33] Würden Punsch, Glühwein und Co gut schmecken, würde man diese auch in anderen Jahreszeiten trinken. So wie Suppe …

- Wie viele Strophen hat „Stille Nacht, Heilige Nacht" denn noch?[34]

- Warum haben die Adventkränze immer noch nur vier Kerzen, wenn Weihnachten doch schon vor acht Wochen beworben wurde?[35]

- Habe ich das Geschenk nicht voriges Jahr auch schon gekauft bzw. habe ich dieses Geschenk nicht schon voriges Jahr bekommen?[36]

Und doch ist Weihnachten von unbändiger positiver Kraft. Wahrscheinlich ist es nur die gemeinsame Ausübung von Ritualen, die dieses Gefühl erzeugt. Ob es gemeinsames Christbaumschmücken, gemeinsames Beten, gemeinsames Singen, gemeinsames Essen und Trinken oder gemeinsames Geschenkeauspacken ist, Hauptsache alle machen mit. Wie die Schlachtrufe im Fußballstadion, das Anprosten beim Trinken oder die Befehlsausübung beim Militär. Der Inhalt ist da zumeist nicht so wichtig – gemeinsam ist der Mensch zu vielem fähig …

Da „gemeinsam" in meinem Falle „alle minus Trapp" bedeutete und ich deshalb das Ritual des gemeinsamen Essen und Trinkens für meinen künftigen Trapp mitmachte, fühlte ich mich bald wie die Leber einer israelischen Gans. Erstens so gestopft und zweitens so streichfähig.

Das Gute daran war, dass es mich zu einer weiteren Überlegung führte, nämlich zum Zusammenhang zwischen

---

[34] Es besteht der durchaus begründete Verdacht, dass bei allen Weihnachtsliedern jährlich Strophen dazu kommen.

[35] Möglicherweise wartet man noch ein paar Jahre, um dann ab September für jeden Monat eine Kerze anzünden zu können.

[36] Da gibt es unendlich viele Varianten, wie beispielsweise „hat mir das nicht schon Tante Friedi / Tante Erni / … geschenkt?" oder „hat ihr das nicht voriges Jahr schon nicht gefallen?"

Trapping und Stoffwechsel. Meine Erkenntnis war folgende:

Grundvoraussetzung für erfolgreiches Trapping ist ein vernünftiger Stoffwechsel.

Bezeichnend für unsere Gesellschaft, dass mir das bewusst wurde, als ich mich wie eine gestopfte Gans fühlte und dachte, so könnte ich das Trapping vergessen. Soviel zum Thema ‚Liebe geht durch den Magen'!

Je mehr ich darüber nachdachte, umso bewusster wurde mir die Wichtigkeit des Metabolismus. Ist doch schlimm, dass mir schon unzählige Menschen unzählige Male zum Geburtstag oder am Jahreswechsel Gesundheit gewünscht haben. Niemals, aber auch wirklich noch nie, hat mir jemand einen funktionierenden Metabolismus gewünscht. Dabei ist doch dieser Grundvoraussetzung dafür. In Wahrheit ist alles andere von sekundärer oder sogar noch geringerer Bedeutung. Durch ein Ungleichgewicht zwischen Nahrungsaufnahme und Verwertung würden wir vielleicht verhungern oder ertrinken.

Aber ich wollte gar nicht an diese extremen Varianten denken, oder an jegliche Form von Stoffwechselkrankheit, denken. Es ging mir nur um den Einfluss auf das Trapping.

Stoffwechsel bezeichnet die biochemischen Prozesse bei Aufnahme, Umsetzung, Verwertung von Nahrung und die Abgabe der Endprodukte.[37] Stoffwechsel am falschen Ort, zur falschen Zeit, kein Stoffwechsel, zuviel Stoffwechsel – all das kann erfolgreiches Trapping verhindern und tut es auch.

Sie war überdurchschnittlich intelligent und wunderschön obendrein. Ich freute mich auf ein gemeinsames Abendessen im Haubenlokal, einen anschießenden Theaterbesuch und gemütlichen Ausklang im Schlafzimmer

---

[37] Endprodukt: Welch schönes Wort für Scheiße!

meiner Wohnung. Perfekte Voraussetzungen für erfolgreiches Trapping. Doch ich machte die Rechnung ohne ihren Stoffwechsel.

Es begann mit einem kleinen, wohltuenden Bäuerchen, bei der gemeinsamen Aufnahme von Nahrung, gefolgt von einer bekömmlichen, lautstarken Blähung, bei der innerlichen Nahrungsumsetzung im Theater und endete mit einem häufigen, geruchsintensiven Abbau der Endprodukte, weit weg von meinem Schlafzimmer.

Manchmal hatte auch mein unausgewogenes Verhältnis von Nahrungsaufnahme und -abgabe zu negativen Ergebnissen beim Trapping geführt. Und da konnte ich nur zum Teil die Weihnachtszeit verantwortlich machen. Ich kenne sogar Menschen, die sich nach den Weihnachtsfeiertagen „eine kleine Darmgrippe" wünschen, um den über die Feiertage eingefahrenen Gewichtsgewinn, auszugleichen. Meiner Meinung nach klingt es krank, krank werden zu wollen – wird es wohl auch sein.

Nicht nur die Aufnahme von zuviel, sondern auch jene der falschen Nahrung, führte sehr häufig zu großen Problemen bei der Suche nach Trapp. Dabei dachte ich an Alkohol. Oder an Bohnen.

Meine Erkenntnis hinsichtlich Stoffwechsel war:

Stoffwechsle oft, aber richtig. Und leise.

Aber es gab noch andere Gründe, warum ich Trapp noch nicht gefunden hatte …

Wie es aufhörte …

Für Anna war die Nacht eine der schönsten, die sie seit langem verbracht hatte, dennoch war auch bei ihr am frühen Morgen etwas verschwunden, nämlich das Gefühl, den perfekten Mann an ihrer Seite zu haben.

Man fragt sich berechtigt, warum gerade jetzt, doch wird dem aufmerksamen Leser selbstverständlich nicht entgangen sein, dass es immer noch einige Punkte in Annas geistigem Notizkalender gab, die sie noch zur Sprache bringen wollte. Weiters war, wie bereits erwähnt, Annas Regenerationszeit nach Beendigung der Beziehung zu kurz, sofern man bei wenigen Stunden überhaupt von Regeneration sprechen konnte. Es folgte nun, ein halbes Jahr nach dem ersten zufälligen Kontakt der beiden, der Zeitpunkt, an dem sich die zu kurze Phase der geistigen und körperlichen Erholung auswirken sollte.

Alles begann damit, dass sie die Zettel des geistigen Notizblocks herunterriss und ihn damit vorsichtig zu konfrontierten versuchte.

„Guten Morgen, wir müssen reden!", zog Anna ohne Umschweife den verbalen Degen.

Das Gefühl, dass in diesem Morgengrauen, das Grauen überwiegen würde und er erwachten ungefähr zur selben Zeit.[38]

„Guten Morgen.", antwortete er, schon in die Defensive gedrängt.

„Es war ein wunderschönes halbes Jahr, doch möchte ich nicht wieder denselben Fehler machen und eine aussichtslose Beziehung erst nach ein paar Jahren beenden. Es waren einige deiner Aussagen, die mir das bewusst

---

[38] *Wir müssen reden'* ist die moderne deutschsprachige Form von *,En garde'*.

gemacht haben, deshalb werde ich heute den Schlussstrich ziehen!"

Er hatte auf eine Finte gewartet und nicht damit gerechnet, dass sie ihm gleich mit dem ersten Hieb den Todesstoß versetzen wollte, deshalb gelang es ihm nicht, den Angriff zu parieren. Er war zu perplex, um zu reagieren.

„Den ersten Hinweis gabst du mir, als du meintest, unsere Beziehung sei ein Abwägen von Vor- und Nachteilen. Der zweite war der Spruch des Tages von gestern, die Ehe bestünde nur aus Sex!", hatte sie den Degen in einen Säbel getauscht und begann, ihn fein säuberlich zu filetieren.

Trotz all dieser Einträge ins geistige Buch der Falschaussagen, war es schließlich der Tod, der wie so oft die schmerzliche Trennung herbeiführte. Zwar nicht sein Tod, obwohl er sich so fühlte und deshalb immer noch kein Wort herausbrachte.

„Doch das Entscheidende war eigentlich unser Gespräch vor zwei Wochen, nachdem meine Urgroßmutter starb!" Für ihn war es noch zu früh am Morgen, um vernünftig denken zu können. Deshalb fiel ihm nur ein, für wie sinnlos er das Wort „eigentlich" erachtete.[39]

„Besonders dein Spruch ‚der Tod ist zwar nicht das schönste Geschenk das wir bekommen können, aber mit Sicherheit das Beste', hat mich getroffen, den der Tod ist nicht das beste Geschenk sondern meiner Ansicht nach der

---

[39] Er hatte eigentlich Recht, doch half ihm das in dieser Situation eigentlich gar nicht. (Der aufmerksame Leser wird sich denken, dass Wörter wie „sozusagen", „grundsätzlich", usw. auch ziemlich überflüssig sind, der Autor sich aber nicht weigert, diese Wörter zu verwenden. Sie haben Recht! Es liegt zum Einen einfach daran, dass „eigentlich" *vollkommen* überflüssig ist, zum Anderen – und das ist der Hauptgrund – daran, dass ich das geschriebene Wort „eigentlich" zutiefst verabscheue. Deshalb werden Sie dieses Wort, außer in diesem Abschnitt, im Rest des Buches nicht noch einmal finden - falls Sie vorhaben sollten, es zu suchen, was ich nicht vermute.)

teuerste Verlust, den man erleiden kann, denn er nimmt einem das Leben!", säbelte sie weiter.

Er dachte: *,Und dabei habe ich ihr nur den ersten Grund dafür erklärt, nämlich dass erst durch den Tod dem Leben Sinn gegeben würde.'*[40] Aber auch das behielt er für sich.

„Du meintest außerdem, dass verglichen mit dem Zeitraum vor der Geburt und nach dem Tod, die Lebensdauer ohnehin von geringer Relevanz wäre."[41]

Endlich fand er seine Sprache wieder: „Ich wollte damit nur sagen, dass wie bei den meisten Dingen im Leben, auch da nicht die Dauer entscheidend ist, sondern viel mehr …"

Da Anna aber ihre Entscheidung bereits getroffen hatte und sich auf keine Diskussion mehr einlassen wollte, schwang sie erneut ihren Säbel und durchschnitt wenig ästhetisch, dafür umso energischer, seinen gerade erst begonnenen Redefluss:

„Na wenn die Dauer nicht entscheidend ist, dann hat unsere Beziehung auch schon lange genug gedauert!"

Sie packte ihre Sachen inklusive Säbel, verließ die Wohnung und ihn, nur seinen zerstückelten Verstand zurücklassend.

---

[40] Der zweite Grund, warum der Tod das beste Geschenk sei, ist jener, dass man dieses Geschenk mit Sicherheit bekommt – es ist nur eine Frage des Zeitpunkts.

[41] Er hatte Recht – mathematisch gesehen. Man ist länger tot, als man lebt. Viel länger.

Exkurs – Leben und Tod

Ist der Tod der teuerste Verlust?

Oder …

Ist der Tod das beste Geschenk?

Die meisten Menschen würden eine dieser beiden Fragen mit Nein beantworten! Daraus ergeben sich die beiden grundsätzlichen Richtungen in der Betrachtung des Todes. Doch die richtige Beantwortung würde in beiden Fällen die gleiche Antwort ergeben:

JA!

Das ist der Dualismus des Todes. Einerseits das beste Geschenk, denn es gibt dem Leben Sinn, andererseits der teuerste Verlust, denn er nimmt das Leben. Und in jedem (Todes-)Fall trifft beides zu – das einzig Variierende ist die Gewichtung, aber dazu ist eine genauere Detailbetrachtung nötig.

Angenommen, Sie beantworten nur die erste Frage mit JA, kann man Ihnen zum Beispiel folgendes entgegenhalten:

- Irgendwann wäre die Person ohnehin gestorben und zwar global gesehen verhältnismäßig bald.

- Menschen müssen sterben, sonst wäre es ziemlich eng auf unserer Erde!

- Würden wir nicht sterben, würden wir heute relativ wenig tun, denn morgen wäre auch noch Zeit!

Folgendes würden diese Menschen erwidern:

„Sicher hat der Tod aller Menschen einen biologischen Sinn, sicher müssen Menschen sterben, um unseren Lebensstandard aufrechterhalten zu können, sicher lernt man daraus fürs Leben, aber einen Menschen den man liebt zu verlieren, ist schlicht und ergreifend schlimm. Das ganze Gerede davon, dass ein Mensch nicht verloren ist, solange man ihn in Erinnerung behält oder was in Gedanken vorhanden ist, ist wichtiger als was noch physisch da ist – ich kann es nicht mehr hören. Mag alles sein, doch in dem Moment, wenn man diesen Menschen verliert, interessiert mich das nicht die Spur."

Klingt ja doch verständlich. Man kann sich ja kaum vorstellen, dass jemand, der einen geliebten Menschen verliert, so reagieren würde:

- „Kein Problem, ich denke noch an sie/ihn. Ist ja nicht richtig tot."

- „Kein Problem, ist demografisch nötig."

- „Kein Problem, wenn nicht jetzt, wär's morgen passiert – oder vielleicht übermorgen."

- „Kein Problem, ist wichtig fürs Pensionssystem."

- „Kein Problem, sind ja noch Erinnerungen da."

- „Kein Problem, der einzige Unterschied zwischen Lebenden und Toten ist die Zeit."[42]

- „Kein Problem – es gibt viele Bücher (und Zitate)"

Obwohl alles in gewisser Weise wahr ist, interessiert es in dem Augenblick, wenn es passiert, nicht einmal Statistiker, und die interessiert sonst alles, so lange es nicht um Gefühle geht.

Aber das ist der Punkt, denn es sind Gefühle im Spiel. Rationalität ist da nur Ersatz. Natürlich können Sie sie einwechseln, nur meistens erfolgt das erst sehr spät. Das ist wie im Fußball – den ersten Wechsel macht man erst, wenn es beinahe zu spät ist, wenn schon fast alles verloren ist.

---

[42] Ist aus einem von Terry Pratchett's Scheibenwelt-Romanen und wieder klingt sogar sehr einleuchtend. Andererseits: Recht viel mehr, als die Zeit haben wir nicht und genau die wird einem durch den Tod genommen.

Dann können Sie die Rationalität einwechseln. Vorher ist sie nicht erforderlich. Vorher wird sie nicht einmal akzeptiert.

Stellen Sie sich Folgendes vor – Ihre Mannschaft ist im Rückstand, aber es ist noch Zeit. Sie wechseln den besten Spieler Ihrer Mannschaft aus. Auch wenn der Wechsel hilfreich wäre – die Zuschauer würden pfeifen.

Stellen Sie sich Folgendes vor – jemand, der Ihnen sehr nahe steht, stirbt. Sie wechseln Gefühle aus und wechseln die Rationalität ein. Wer würde das verstehen? Die gesamte Gesellschaft will Gefühle sehen, denn das ist sie gewohnt und erwartet sie sich! Auch wenn es Ihnen persönlich helfen würde, die Leute würden darüber reden (zumindest hinter Ihrem Rücken).

In Wahrheit ist es nur eine Frage des Zeitpunkts. Man müsste den richtigen Moment finden, um Rationalität einzuwechseln. Vielleicht lässt man Gefühle noch im Spiel und wechselt nur Trauer aus. Je nach Spielverlauf.[43] Stellen Sie sich vor, Sie wechseln die Rationalität nie ein? Was glauben Sie was dann los wäre? In der Phase nach dem Tod eines Nahestehenden, erleben Sie ein ähnliches Schicksal wie ein Trainer, Sie können es nicht richtig machen. Sie können den richtigen Zeitpunkt nicht finden, denn es gibt ihn gar nicht. Entweder Sie wechseln zu früh oder zu spät. Also sollte man den, für sich selbst, richtigen Zeitpunkt wählen.[44]

Wie soll man aber den richtigen Zeitpunkt finden, die Trauer oder die Gefühle raus zu nehmen?

---

[43] Nicht nur der Spielverlauf ist entscheidend, sondern auch das Budget. Es kommt darauf an, welches Potenzial man hat, denn nicht jeder hat die Rationalität im Kader.

[44] Hilfreich wäre außerdem die semantische Auseinandersetzung mit Wörtern wie Trauer und Traurigkeit, die hier bewusst vermieden wird.

Es gibt auch keinen richtigen Zeitpunkt, zu sterben – es gibt nur falsche! Andererseits: Vom globalen Standpunkt aus gesehen ist unser Leben ohnehin nur ein Wimpernschlag, somit jeder Zeitpunkt unseres Lebens, wie jeder andere. Das heißt, dass beinahe kein Unterschied zwischen einzelnen Zeitpunkten besteht, was bedeutet, jeder Zeitpunkt muss auch der richtige sein! Der Tod ist ein Antagonismus in sich.

Der Tod ist ein antagonistischer Dualismus! Richtig und falsch, gut und schlecht, Geschenk und Verlust. Es ist eine Frage des Zeitpunkts und der ist ungewiss – und das ist gut so.

Lassen wir ein bisschen Statistik einfließen: Es ist wie das Wetter – ungefähr wissen wir wie es wird, aber nie ganz genau. Zu 2/3 wird es morgen so, wie es heute ist. Ein TV-Wetterbericht ist in den wenigsten Fällen zuverlässiger. Beim Todeszeitpunkt gibt es auch keine genaue Vorschau, aber ungefähr wissen wir es – mit größter Wahrscheinlichkeit irgendwann zwischen jetzt und später![45]

Nehmen Sie für später irgendwas zwischen einer Stunde und 100 Jahren, damit es sich sicher ausgeht. Statistisch gesehen könnten Sie es noch ein bisschen einschränken – nehmen Sie die durchschnittliche Lebenserwartung und ziehen Sie ihr Alter ab. Auch wenn es mit großer Wahrscheinlichkeit nicht stimmt, wird es nicht sehr stark abweichen. So wie der Wetterbericht.

Egal, was bei Ihrer Rechnung herauskommt – viel ist es nicht! Global gesehen. Wenn Ihnen die Zahl wirklich zu klein ist, hören Sie nicht sofort zu lesen auf! Denken Sie daran – es ist wie der Wetterbericht!

Und nun stellen Sie sich vor, Sie würden genau wissen, wann Ihr Stündlein geschlagen hat. Sie würden wissen,

---

[45] Später ist abhängig von Ihrem Alter und noch mehr von Ihrer Lebensweise. Und noch viel mehr von allen anderen Dingen.

wann die durchschnittliche Lebenserwartung durch ihre persönliche Lebenserfüllung abgelöst wird. Würden Sie in diesem Moment dieses Buch lesen oder würden Sie etwas anderes tun?

Ich habe eine Vermutung: Sie würden etwas anderes tun und zwar unabhängig davon, wann der Zeitpunkt wäre! Und Sie würden, während Sie etwas anderes tun, folgendes denken: Sollte ich nicht viel eher etwas anderes tun?

Und aus all diesen Gründen ist es gut, dass das menschliche Gehirn zwei Dinge nie wissen bzw. verstehen wird:

1. Wir kennen den Zeitpunkt unseres Todes nicht![46]

2. Wir verstehen den dualistischen Antagonismus des Todes nicht!

Woraus sich zwei Hinweise ergeben:

1. Wir alle werden sterben – zwischen jetzt und später!

2. Der Tod ist Geschenk *und* Verlust!

Und beides ist nur eine Frage des Zeitpunkts.

---

[46] Deswegen sind Mord oder Selbstmord so schrecklich – jemand legt den Zeitpunkt fest.

8 Folgetage bzw. Erkenntnisse

Mir war bewusst, dass ein paar Erkenntnisse, auch wenn sie die Schaffung neuer Relativitätstheorien oder das Beachten des eigenen Stoffwechsels beinhalten, aus mir noch lange keinen gesegneten Trapper machen werden. Da aber die auf Weihnachten folgenden Feiertage in Österreich zumeist im Kreise der Familie und Verwandten, sowie mit grenzenloser Völlerei verbracht werden, blieb mir die Chance, mich darauf konzentrieren, zu weiteren Erkenntnissen zu gelangen.[47]

Rückblenden meines Lebens sinnierend, fuhr ich in Gedanken auf eine Architekturstudentin auf, mit der ich einen großen Abschnitt des Hauses meines Lebens baute. Sie war, im Gegensatz zu meinem baufälligen Lebenshaus, ein architektonisches Meisterwerk. Nicht nur, was ihre äußerliche Anmut und Eleganz betraf. Auch bezogen auf ihre Innenausstattung, war sie eine absolute Augenweide.

Ich erinnerte mich besonders an ein Gespräch, das wir führten als wir gemeinsam eines der vielen altehrwürdigen Architekturmeisterwerke besichtigten, dessen Namen ich wieder vergessen habe, dessen unzählige Stufen zum höchsten Punkt des Meisterwerks sich aber unauslöschlich auf meiner geistigen Wendeltreppe verewigt haben. Während ich mich auf der Wendeltreppe gequält gen Himmel wand, wandte sie sich an mich, um mich, einem geistigen Plattenbau, was Architektur belangte, in die Welt der höchsten Baukunst einzuführen. Sie sparte nicht mit Details, was Jahreszahlen und geschichtlichen Hintergrund betraf. Dabei leuchteten ihre Augen, wie einst der

---

[47] Die Zeiten der Habsburger-Herrschaft, in denen es durchaus auch möglich bzw. sogar erwünscht war, im Kreise der Verwandtschaft munter des Trappings zu frönen, sind inzwischen auch in Österreich schon eine Weile abgelaufen. Ob in diesen Tagen jemals ein Trapp gefunden wurde, sei ohnehin dahingestellt.

Leuchtturm von Pharos. Ich fühlte mich vielmehr wie die Hängenden Gärten der Semiramis, blieb aber bisher stumm wie der Koloss von Rhodos. Bisher.

„Viele dieser alten Meisterwerke, wie ganz besonders auch dieses, stellen Phallussymbole dar.", erklärte sie mir weiter, begeistert davon, ihr unerschöpfliches Wissen kundzutun.

Da, durch die dünne Höhenluft und die Anstrengung, mein Gehirn nicht die gewohnte Leistung bringen konnte, verließ ich unvorsichtigerweise den sprachlichen Erker der Sicherheit.

„Nein, sicher nicht!", stöhnte ich überzeugt. Ich konnte unter den gegebenen Voraussetzungen nicht einmal eine Sekunde an einen Phallus denken, sei zu meiner Verteidigung angemerkt.

„Wieso denkst du, dass ich nicht Recht habe?" Den zerstörerischen Caterpillar des gekränkten bauherrlichen Stolzes konnte ich in dieser Phase des Gesprächs dummerweise noch nicht auf mich zurollen hören. „Schreibst du denn auch gerade an einer Diplomarbeit, die sich thematisch auf architektonischen Symbolismus bezieht?"

„Nein, aber ich glaube, du liegst falsch!", keuchte ich, während ich mich auf den schmalen Mauersims der tödlichen Gefahr begab.

„Da bin ich aber gespannt …", ließ sie die Abrissbirne bereits geistig in Richtung eines Trägers unseres Beziehungsmonuments schwingen.

„Als Phallussymbole werden doch jene Bauwerke angesehen, die sich nach oben hin verjüngen, sehe ich das richtig?"

„Nicht alle, aber ja.", noch wartete sie ab, die bereits in den tragenden Säulen und Wänden unserer Beziehung verlegten Sprengsätze anzuzünden.

„Dann liegt es an der Statik!", half ich ihr beim anzünden. „Mit den damals zur Verfügung gestandenen Methoden und Werkzeugen war es wahrscheinlich bloß einfacher und praktikabler, die Monumente nach oben einfacher schmäler zu bauen!"

„So einen Schwachsinn habe ich überhaupt noch nie gehört!"

Ich hörte nicht einmal die Detonation der Sprengsätze, sondern fuhr unwissentlich damit fort, auch noch das Fundament abzugraben.

„Stell dir folgendes Experiment vor: Gib deinem kleinen Neffen Friedensreich oder deiner Nichte Zaha oder irgendeinem anderen, architektonisch weniger vorbelastetem, Kind einen Satz Spielkarten[48]. Kein Kind der Welt wird das Erdgeschoss eines Kartenhauses aus einer einzelnen Karte bauen, vielmehr wird es unten breiter sein, als oben![49] Und sollte sich das fertige Kartenhaus, wie ich also vermute, nach oben verjüngen, könnten für diese Form abgesehen von der Intelligenz des Kindes, höchstwahrscheinlich die Statik und möglicherweise auch die Schwerkraft verantwortlich sein und weniger der Symbolismus welcher Art auch immer."

Da ich bereits das ganze Denkmal unserer Beziehung zerstört hatte, konnte ich auch gleich den ganzen Bauschutt wegräumen.

„Und wenn dir das noch nicht reicht, frag das Kind einfach, ob es die Bauform gewählt hat, weil es an einen erigierten Penis gedacht hat, oder einfach aufgrund baulicher Logik!"

---

[48] In Österreich bevorzugt man dahingehend wohl eher Bierdeckel (=Bierglas-Untersatz).

[49] Sollte das Kind zu mischen beginnen und Small und Big Blind einfordern, sollten Sie ein jüngeres Kind verwenden und/oder diverse TV-Kanäle mit Sperren versehen.

Wieder zu Hause angekommen, verbrannte sie ihre Diplomarbeit, schmiss ihr Architekturstudium hin, gab mir die Schuld dafür und beendete die Beziehung, wenn auch in möglicherweise anderer Reihenfolge.

Damals war ich wirklich der Meinung, Sex sei nicht so wichtig. Man müsste Sex nicht noch zusätzlich in irgendwelche Bauwerke hineininterpretieren, da die Gesellschaft ohnehin schon hinlänglich dadurch regiert wurde. Versuchen Sie einmal, jetzt nicht an Sex zu denken - es wird Ihnen mit hoher Wahrscheinlichkeit nicht gelingen.[50]

Doch ich brauchte noch eine andere, plakativere Rückblende, um zur offensichtlichen Erkenntnis zu gelangen.

[]

Sie war absolut ein potenzieller Trapp und ich war jung und dumm. Mein scheinbarer Trapp studierte Marketing an derselben Universität, an der auch ich studierte. Während des Studiums wollte sie einen mehrwöchigen Heimaturlaub verbringen und lud mich ein, sie zu begleiten. Ich sollte nach paar Tagen wieder zurückkehren, während sie noch eine Weile länger bei ihrer Familie bleiben wollte. Blind vor Liebe willigte ich ein und schlug ihr vor, mit dem Flugzeug zu reisen, um uns eine lange alleinige Rückreise zu ersparen. Doch die Option zu fliegen verflog aufgrund von Flugangst, eine Bahnfahrt bahnte sich an.

Nach 11-stündiger Bahnfahrt und Betätigung meines imaginären Taschenrechners zur Berechnung des Verhältnisses zwischen der Dauer der Bahnfahrt und der tatsächlichen Verweilzeit am Bestimmungsort, startete ich

---

[50] Und das ist gut so.

das Gespräch mit der angehenden Werbelady – nur gedanklich wagte ich die Synonymisierung von Marketing und Werbung – denkbar ungünstig.

„Da ist nur das beschissene Marketing schuld!“, erweckte ich gekonnt ihre Attention.

„Wie bitte?“, fragte sie ungläubig.

„Deine Flugangst ist nur durch Marketing verursacht!“

„Was soll dieser Blödsinn?“ Auch sie war durch die beschwerliche Bahnfahrt mitgenommen und gereizt, aber ich war mir ihres Interesses gewiss.

„Die Marketing-Abteilung der verdammten Bahn ist einfach besser, als jene der Flugbranche, deswegen hast du Flugangst.“ Noch gelang es mir nicht ganz, ihr Verlangen zu wecken und ging deshalb weiter ins Detail. „Es liegt an den Wörtern! Vergleiche Flugzeug mal mit Eisenbahn, dann braucht es dich nicht zu wundern, dass du Flugangst hast. Ein fliegendes Zeug im Kontrast zu einer Bahn aus Eisen. Einerseits das unbeholfene, kümmerliche, dümmliche *Zeug*, andererseits das martialische, unverwüstliche, unbiegsame *Eisen*. Deshalb gibt es auch keine Bahnangst! Ich wünschte, es gäbe kein dummes Marketing!“

Jetzt konnte ich es in ihren Augen aufblitzen sehen – Desire! Während sie kurz davor war, mir eine Ohrfeige zu versetzen fuhr ich ungeniert fort.

„Dann würde das eine ‚Flugmaschine‘ und das andere ‚Gleitmaschine‘ heißen und man würde rationell abwägen. Man würde erkennen, dass mit Sicherheit schon mehr Menschen bei Bahnunfällen umgekommen sind, als bei Flugunfällen!“

Es reichte anscheinend immer noch nicht, sie zum Handeln zu bewegen, aber einen hatte ich noch.

„Da es also mehr Menschen dazu treibt, mit der gefährlicheren Bahn zu fahren, als zu fliegen, ist das Marketing Schuld am Tod unzähliger beeinflussbarer Menschen!"

Action!

Die wenigen Tage in ihrer Heimat verbrachten wir somit ohne jeglichen Austausch von Slogans, wodurch nur mehr geringe Hoffnung bestand, das ramponierte Image wiederherzustellen. Wir verloren nicht nur den Glauben an unser gemeinsames Motto, sondern auf der langen Rückreise auch noch unsere Corporate Identity, dachten „just do it" und betrogen uns unabhängig voneinander gegenseitig.

Damals gab ich dem Marketing und der Bahn die Schuld dafür, den Trapp verloren zu haben. Später wusste ich es besser. Erstens war nicht nur das Marketing verantwortlich für die Bahn-Entscheidung, sondern auch der Preis, denn es gibt auch für Flugangst eine Schmerzgrenze, besonders als Student. Zweitens kann man auch im Flugzeug Sex haben. Ich sah ein, dass es für das Zug-Gespräch eine Entschuldigung gegeben hätte. Für das Fremdbahnfahren nicht.

Während ich vor meinem geistigen Auge die Phallus-Story mit der Bahn-Geschichte verband, was mir gar nicht so schwer fiel, war mir plötzlich alles klar. Der Eiffelturm fiel mir wie auf Schienen von den Augen, ich sah die Erkenntnis vor mir, in blinkender riesigen Lettern:

„Sex has relevance, I'm loving it!"

Oder war es vielleicht:

„Sex has relevance, what else?"

Jedenfalls bedeutet die Erkenntnis folgendes:

Sex ist relevant, und zwar immer (und mit wem)![51]

---

[51] Ob gut oder schlecht ist also unbedeutend. Oder denken Sie, dass es die Entscheidung von Willis Studienfreundin geändert hätte, wenn der Eisenbahnsex von geringer Qualität gewesen wäre?

Heute

Eineinhalb Jahre und viel Erfahrung später saß Anna vor ihrem PC am Schreibtisch. Sie hatte sich in diesen eineinhalb Jahren genauso gefühlt, wie die Hauptperson in den ersten zwei Dritteln der Romane von Ildikó von Kürthy. Auf das dritte Drittel wartend, betrachtete sie die Einträge der letzten 2 Jahre in ihrem Outlook-Kalender. Sie ließ alle Vermerke mit diversen Männervornamen Revue scrollen. Während ihre rechte Hand gekonnt die Maus über den Schreibtisch dirigierte, dirigierte ihr Unterbewusstsein der linken Hand einen Takt auf den Schreibtisch.

Tapp, tarapp, tapp, tarapp, …

Anna musste lachen, welche Typen von Männern ihr bereits begegneten. Nein, Vorurteile waren nicht ihre Art, aber sie konnte denken was sie wollte. Die meisten Stereotype waren dabei. Sie hatte alles durch, vom absoluten Macho, über den Metrosexuellen, bis hin zum femininen Frauenversteher, der zwar sie verstand, den aber Anna gar nicht verstehen konnte.

Tapp, tarapp, tapp, tarapp, …

Sie hatte auch viele Abstufungen zwischen diesen extremen Ausprägungen kennen gelernt. Jeder hatte seine Vorzüge, jeder seine negative Eigenschaften. Leider waren zumeist die Vorzüge in der klaren Minderheit.

Tapp, tarapp, tapp, tarapp, …

Fast überall kann man schon sein individuelles Paket zusammenstellen, dachte Anna: Beim Autokauf, bei der Versicherung, beim Hausbau, bei Subway. Nicht bei Männern. Wie schön wäre das: Antiblockiersystem ja, Sitzheizung nein, Lebensversicherung ja, Pensionsvorsorge nein, Whirlpool ja, Sauna nein, Zwiebel ja, Gurken nein.

Tapp, tarapp, tapp, tarapp, …

Männer hatten es schon immer leichter, jammerte sie weiter. War es früher Matador und Lego, ist es heute LegoTechnik mit dem sie sich bauen können, was sie wollen. Für Barbie gab es immer nur die Wahl Ken oder nicht Ken! Die einzige was man wählen konnte, war die Kleidung. Bei den Metrosexuellen ist heutzutage nicht einmal mehr das möglich.

Tapp, tarapp, tapp, tarapp, …

Plötzlich war sich Anna sicher, dass es unmöglich sei, den perfekten Mann zu finden. Es war ein Wunschtraum, eine Illusion. Viel eher würde ihr im Lotto ein Sechser mit Zusatzzahl gelingen, als *den* Richtigen zu finden, dachte sie.

Tapp, tarapp, tapp, tarapp, …

Mit einem Mal war ihr alles klar, denn diese eine Erkenntnis veränderte die Sachlage für sie dramatisch. Sie grinste von einem Ohr zum selben.[52] Sie musste nicht den perfekten und richtigen Partner finden, es würde reichen, den *beinahe* perfekten und richtigen zu finden. Und davon müsste es doch viele geben. Man braucht keinen Sechser mit Zusatzzahl, man gewinnt ja beim Lotto auch schon mit einem Dreier.[53] Voll Selbstzufriedenheit klopfte sie sich geistig mit der rechten Hand auf die eigene Schulter. Mit den Fingern der linken Hand klopfte sie immer noch rhythmisch auf den Schreibtisch vor dem sie saß. Immer wieder denselben Rhythmus:

Tapp, tarapp, tapp, tarapp … und wusste gar nicht, wie sehr sie damit richtig lag.[54]

---

[52] Sie schaffte das anatomisch unmögliche: Das Grinsen reichte rund um das ganze Gesicht herum und kam zum Ausgangsohr zurück!

[53] Wenn auch nicht viel.

[54] **The Almost Perfect Partner, The Almost Right And Perfect Partner, The Almost Perfect Partner, The Almost Right And Perfect Partner, …**

Sie blickte noch einmal zufrieden auf ihren Kalender, fuhr den PC nieder und nach Hause.

Exkurs – Toleranz

Ist das des Rätsels Lösung? Seine eigenen Ansprüche runterzuschrauben? Sich mit weniger zufrieden geben? Sich über einen Dreier im Lotto freuen?

Wie viele Menschen kennen Sie, die sich über einen Dreier im Lotto freuen? Ich kenne nicht einmal einen, der sich über einen Fünfer freut – nicht in der Schule und nicht im Lotto! Gut, ich kenne auch keinen, der jemals einen Fünfer im Lotto hatte, bin mir aber sicher, dass sich dieser nur eines denkt – warum habe ich die sechste Zahl falsch? Hätte ich doch diese auch noch richtig getippt! Jemand, der einen Fünfer im Lotto hat, wird die Zahl die er statt der sechsten Zahl hat, ganz einfach nur voller Abscheu zu hassen beginnen.

So ähnlich ist es oft auch in langjährigen Beziehungen: Man freut sich nicht über die richtigen Eigenschaften, obwohl es davon sicher genug gibt, sonst wäre man nicht in dieser Beziehung. Es ist die eine falsche Zahl, an die man immer und überall erinnert wird. Und wenn es nur eine Kleinigkeit ist – diese Kleinigkeit ist es, die es zustande bringt, dass man sich nicht über den Gewinn freut, sondern über den nicht erhaltenen Hauptgewinn ärgert.

Dabei ist es sogar ziemlich wahrscheinlich, einen Sechser im Lotto zu haben. Verglichen mit der Wahrscheinlichkeit, den perfekten Partner gefunden zu haben. Die Wahrscheinlichkeit einen Sechser im Lotto zu haben ist 0,0000122774%. Erinnern Sie sich noch an die Wahrscheinlichkeit, Trapp gefunden zu haben? Sie ist 0,000000015 %. Es ist mehr als 800-Mal wahrscheinlicher, dass Sie einen Sechser im Lotto machen, als dass Sie Trapp finden. Oder anders gesagt, haben Sie zuerst über 800 Lotto-Sechser, bevor Sie Trapp gefunden haben.

Was ist also Ihr Schluss? Nein, der richtige Schluss ist nicht, Lotto zu spielen, einen Sechser zu machen und sich Trapp zu kaufen.

Der richtige Schluss ist folgender: Es geht nicht darum Gewinn zu maximieren, sondern Freude und Glück.[55] Somit kennen Sie auch die richtige Antwort auf die Fragen zu Beginn des Kapitels. Freuen Sie sich auch über einen Dreier. Menschen, die sich über einen Fünfer nicht freuen, würden sich über einen Sechser wahrscheinlich auch nicht freuen, da es kein Dreifach-Jackpot war oder vielleicht ein Zweiter ebenfalls alle sechs richtig hatte oder die gierigen Verwandten und Bekannten Angst machen.

Das Schlüsselwort lautet Toleranz. Tolerieren Sie kleine Fehler! Es gibt übrigens Bücher die sagen: Der Fehler des anderen ist die Würze in Ihrer Beziehungssuppe! Oder so ähnlich. Vergessen Sie das! Sind Sie nämlich nicht. Natürlich stößt man sich an diesen Dingen. Sehen Sie es mal so: Nicht jede Suppe muss immer perfekt gewürzt sein. Nur wenn man ab und zu eine weniger gute Suppe isst, schmeckt einem die gut gewürzte viel besser. Das heißt, Sie werden die Fehler des anderen nicht lieben, aber Sie sollten sie tolerieren. Und das ist nicht schwierig.

Jetzt denken Sie sich folgendes: Das ist die Lösung? Man soll gar nicht nach Trapp suchen, sondern nach Tarapp?

Die Antwort ist: NEIN!

Natürlich ist die Suche nach Trapp, das einzig Wahre und Richtige!

Aber es hängt auch davon ab, wie viel Toleranz Sie tolerieren. Denn Sie werden mit großer Wahrscheinlichkeit Tarapp finden. Je mehr Toleranz toleriert wird, um so eher

---

[55] Das klingt vielleicht ein bisschen nach Utilitarismus – ist es aber nicht, denn im Gegensatz zu diesen geht es hier nicht um die Maximierung des Glücks der Gruppe, verdammt noch mal, seien Sie ehrlich, es geht vor allem um Ihr Glück!

kann Tarapp Trapp werden. Nicht weil *Sie* Trapp verändern, sondern weil Sie tolerieren..

Es kann auch sein, dass Sie wenig Toleranz zulassen. Dann suchen Sie weiter. Vielleicht finden Sie Trapp sogar! Und falls Sie jetzt denken, Sie brauchen keine Toleranz, dann fragen Sie sich nur eine kleine und ganz kurze Frage!

Sind Sie Trapp?

Bitte antworten Sie nicht sofort, denken Sie vorher darüber nach!

Und Übrigens meinte ich: Ohne Toleranz!

Sie haben richtig verstanden: Mit Null-Toleranz!

Ja, ganz ohne Toleranz!

Denken Sie darüber nach!

9 Finale Erkenntnis

Es war Silvesterabend und mein Trapping war erfolgloser denn je. Wieder einmal ein Silvesterabend ohne Trapp zeichnete sich ab. Frustriert und ernüchtert begab ich mich in die Stadt, um dem ein Ende zu setzen – zumindest was das mit dem „nüchtern" betraf.

Nachdem ich in zwei Lokalen bereits erfolgreich gegen die Nüchternheit, dafür immer noch erfolglos gegen die Frustration gekämpft hatte, entschloss ich mich dazu, den Spuk zu beenden und ging zur Brücke.[56] Dort angekommen setzte ich mich auf eine Bank und überlegte, welche Fehler ich bei der Suche nach dem Trapp begangen hatte. Das einzige was mir einfiel, als ich auf den Fluss blickte, war Neil Young's ‚Down By The River', doch führte mich das umgehend zu einem anderen seiner Songs, der meine Gesamtsituation ziemlich genau mit einem Wort umschrieb: ‚Helpless'.

Unterdessen ich immer mehr Zeit vergehen ließ, fiel mir ein Satz aus Terry Pratchett's Buch ‚Der Zeitdieb' ein, der ungefähr so lautete:

„Der Kluge sucht nicht nach Erleuchtung, sondern wartet darauf!"

Ich dachte mir, dass das vielleicht auch für den Trapp gelten musste und wartete.

Während ich also zwei Stunden wartete, bereits Erfrierungen erwartete, machten mir zwei Dinge die Aufwartung:

- Ich war frustriert *und* ernüchtert.
- Ich wurde erleuchtet.

---

[56] Mit SPUK war nicht das Leben an sich gemeint, sondern der Kampf gegen die Nüchternheit (SPUK = **S**aufen **P**roduziert **UnK**larheit)

Zwar waren es nur die explodierenden Raketen, die von den Silvesterfeiernden zuhauf in den Himmel geschossen wurden, deren Schein mich beleuchtete, doch bei großzügiger Auslegung kann man es wohl auch als Erleuchtung bezeichnen.

Ernüchtert, frustriert und erleuchtet begab ich mich auf den Weg zum nächsten Lokal. Als ich die Tür öffnete und mich im Lokal umsah, traf mich der Blitz.

Nein, kein Blitzlicht eines verirrten Feuerwehrskörpers, sondern das Blitzlicht einer wunderschönen Frau, alleine sitzend an einem Tisch. Entschlossen einen letzten Trapping-Versuch im heurigen Jahr zu starten, marschierte ich auf sie zu. Doch als ich fast bei ihr angelangt war, verschwand die Entschlossenheit. Was, wenn das wieder so eine Trapping-Falle ist? Was, wenn der Einfall wieder zu einem Reinfall mutiert? Was, wenn der vermeintliche Trapp erneut nur ein Monster ist? Ich verlor die Courage und wollte schon wieder gehen. Doch als ich bei der Tür angelangt war, dachte ich über die Alternativen nach. Glücklicherweise fielen mir keine ein.

Also ging ich wieder zu ihrem Tisch und suchte all meinen Mut zusammen, um ein verfrühtes Prosit 2007 zu wünschen. Sie fragte mich:

„Suchen Sie etwas Bestimmtes, haben Sie etwas verloren?“

„Ja“, antwortete ich, „meinen Mut. Er muss irgendwo sein, denn als ich eintrat, war er …“

[]

Darauf folgte ein halbes Jahr in dem ich das Gefühl hatte, das Unmögliche wahr gemacht zu haben, den Heiligen Gral des Trappings gefunden zu haben, meinen ganz persönlichen Trapp – sie hieß Anna und war die Personifizierung meines Trapps.

Leider dauerte es ein halbes Jahr und noch viel länger bis ich zur nächsten Erkenntnis gelangte. Es hatte was mit Liebe zu tun.[57]

Es war nicht die Liebe, die mir oder Anna fehlte. Die Liebe, als Grundvoraussetzung, einen Trapp zu finden, war offensichtlich und somit keine Erkenntnis. So offensichtlich war es nicht!

Die Frucht der Einsicht begann zu reifen, als Anna sich von mir trennte. Es machte mir folgendes klar:

Ich war nicht ihr Trapp.

Also betrachtete ich meine Trapping-Erkenntnisse aus der Sicht von Anna, da ich davon ausging, dass diese unabhängig vom jeweiligen Trapper sein mussten:

Relativ relevante oder relevant relative Schönheit, relevanter Sex und relevanter Stoffwechsel.

- Schönheit hätte das Problem sein können, da es für sie aber relevant relativ war, musste ich es ausscheiden.

- Sex war relevant, also prinzipiell möglich. Da aber die Qualität keine Rolle spielte und nur relevant war, zusammen Sex zu haben, statt mit jemand anderen, konnte es das auch nicht sein.

- Es blieb der Stoffwechsel und der schied sofort aus, denn der war perfekt.[58]

---

[57] Vielleicht ist es nicht nur unserem Willi aufgefallen, sondern auch Ihnen, dem aufmerksamen Leser, dass in seiner gesamten bisher erwähnten Trapping-Karriere, das Wort „Liebe" noch keine Erwähnung fand.

[58] Er aß, trank und wechselte, dass es eine Freude war.

Ich musste etwas übersehen haben doch es viel mir nicht ein.[59] Meine Aussagen zu Beziehung, Tod und Ehe hatten auf jeden Fall nicht die gewünschte Wirkung erzielt. Es musste irgendetwas mit der Art der Kommunikation meiner Liebe zu tun haben. Die Kommunikation alleine konnte es ja meiner Meinung nicht sein, denn die war ja logisch. Wobei, wie hieß es bei Terry Pratchett? ‚Mit Logik kommt man nur bis zu einer bestimmten Stelle, dann muss man aussteigen und zu Fuß weitergehen.' Vielleicht ist es falsch, in Sache Liebe mit Logik zu kommunizieren?

Und dann war es doch soweit.

Nach monatelanger Selbstbemitleidung gönnte ich mir wieder einmal einen schönen Abend. Es war wieder Weihnachtszeit und es war der Moment, der mir die Augen öffnete, ich nahm mir ein gutes Glas Wein, legte eine gute CD ein, las ein gutes Buch und nahm ein Vollbad – es war ein Traum!

Und dann kam der Moment, dann …

… dann trat der Engel des Trappings zu mir und der Glanz der Erkenntnis umstrahlte ihn. Er sagte:

„FÜRCHTE DICH NICHT, DENN ICH VERKÜNDE DIR EINE GROSSE FREUDE, DIE DEINEM TRAPPING ZUTEIL WERDEN SOLL:

DAS SOLL DIR ALS ZEICHEN DIENEN:

DU TROTTEL, DENK EINMAL DARÜBER NACH, WAS DU JETZT GERADE MACHST! DANN WIRST DU DIE LIEBE FINDEN!"

Blöde Frage, dachte ich mir – was mach ich denn schon so besonderes? Ich tat einfach Dinge, die ich liebte, für die ich mir trotzdem lange keine Zeit genommen hatte. Ich liebte Stoffwechsel, also genoss ich Wein, ich liebte Musik, also

---

[59] Die Frucht der Einsicht war gereift, doch von Ernte noch keine Spur.

hörte ich eine CD und ich liebte Literatur, also las ich ein Buch ...

Und dann fühlte ich mich wie Archimedes, sah was ich bisher verdrängte,[60] sprang aus der Wanne und rief: „HEUREKA – das ist es!"

Ich dachte, es würde reichen, zu lieben! Doch es reicht nicht zu lieben, man muss es zeigen, man muss es tun!

Ich hätte sie lesen, hören und genießen müssen …

Die Erkenntnis hinsichtlich Liebe war:

Man muss Liebe tun.[61]

---

[60] Sowohl bildlich, als auch physikalisch gesprochen, erkannte er, dass es wieder an der Zeit war, etwas weniger zu verdrängen.

[61] Nicht Liebe *machen* sondern Liebe *tun*!!!

Exkurs – Liebe

An dieser Stelle wollte ich zuerst das Thema der Liebe diskutieren. Andererseits wollte ich auch einmal fertig werden, weshalb das Thema hier nicht behandelt wird. Außerdem will ich ja nicht alles verraten.[62] Vielleicht ein andermal.

Vielmehr werde ich mich jetzt über das auch schon erwähnte Thema des Stoffwechsels auslassen. Nicht der Stoffwechsel im herkömmlichen Sinn ist gemeint, sondern der Stoffwechsel im übertragenen Sinn, als Analogie zum stetigen Ändern des Themas. Wie dem aufmerksamen Leser nicht entgangen sein wird, strotzt dieses kleine Büchlein vor überaus intelligenten Anweisungen. Am Ende war mir selbst fast übel. Denn was gibt es Schlimmeres als Bücher, die einem sagen, was man tun soll. Häufig ist es ja so, dass gerade der Autor keinen Hauch einer Ahnung von dem hat, was er anderen aufzwingen möchte. Denken Sie an Karl May, der Winnetou geschaffen hat, ohne je einen Indianer gesehen zu haben. Oder an viele der großen Philosophen und Denker, welche genauso, wie sie die weisesten Sätze in das weiße Papier, sich selbst vor dem Leben, gedrückt haben.

Und was mache ich? Zünde eine Kerze des intelligenten Ratschlags, in der Dunkelheit der falschen Lebensführung, nach der anderen an! Hier ein Auszug der Glanzlichter aus dem Kerzenmeer der Lebensanweisungen:

- Wechseln Sie die Perspektive!

- Tolerieren Sie Fehler!

- Es ist nur eine Frage des Zeitpunkts!

---

[62] Die wahren Gründe sind folgende: Erstens: Es gibt andere, die sich angeblich besser damit auskennen. Zweitens: Es gibt genügend Bücher.

- Wägen Sie Vor- und Nachteile ab oder entscheiden Sie schnell!

- Achten Sie auf Ihren Stoffwechsel!

- Do Love!

- Achten Sie auf die Zeichen!

- Undsoweiterundsofort

Sie werden sich fragen: Na was jetzt? Wer sagt mir, dass das auch für mich gilt? Soll ich dies oder jenes tun? Soll ich mich ununterbrochen verändern? Wenn ich andauernd meinen Standpunkt wechsle, wie können dann andere überhaupt mit mir umgehen? Wie kann ich dann überhaupt Beziehungen eingehen, wenn ich unberechenbar bin und keine Prinzipien habe?

Gute Fragen – ich habe sie mir auch gestellt!

Und dann gab es ja noch weitere besserwisserische Anweisungen, die zwischen den Zeilen herauszulesen waren und besonderen Einfluss auf das Trapping haben können, wie beispielsweise folgende:

- Ihr/e Partner/in könnte auch ein Mörder sein!

- Trinken Sie nicht, wenn Sie am nächsten Tag einkaufen gehen und an Shopping-Phobie leiden! (Schon gar nicht am 23.12!)

- Lassen Sie sich nicht von der besten Freundin beeinflussen!

- Gleichzeitiges Öffnen und Schließen von Türen kann schmerzhaft sein!

- Hören Sie genau zu, was der Großvater sagt!

- Passen Sie auf, was Sie zu jemand sagen, der auf einem Kirschbaum steht!

- Mit einer Wahrscheinlichkeit von 2:3 wird das Wetter morgen so, wie es heute war!

- Saufen produziert Unklarheit!

- „Endprodukt (des Stoffwechsels)" klingt schöner als Scheiße!

- „Guten Morgen, wir müssen reden!", klingt wie eine tödliche Pistolenkugel, die mit Schmetterlingsflügeln auf einen zuschwebt!![63]

- Erzählen Sie Ihrem Freund nicht, Sie wären vom Heiligen Geist geschwängert worden – das hat einmal funktioniert!

- Lassen Sie sich Zeit, das schont die Umwelt!

- Etceteraetcetera

Und Sie fragen sich weiter: Was ist das für ein Schwachsinn? Wer zur Hölle ist dieser eingebildete Autor, der meint zu wissen, was für mich gut ist? Was nimmt der für Drogen? Warum habe ich das alles gelesen? Soll ich jetzt noch weiter lesen?[64]

Gute Fragen - ich habe sie mir auch gestellt!

Die eine Antwort ist folgende: Wählen Sie sich einen gesunden Mix aus Prinzipien. Vielleicht bauen Sie ja Toleranz, Liebe (damit diese doch noch im letzten Kapitel erwähnt wird) und Stoffwechsel ein. Dazu wählen Sie ein paar der anderen erwähnten Ideen, am besten so flexibel Sie wollen. Es ist wie auf einem Flohmarkt – es sieht zwar schon etwas gebraucht aus, aber wenn man lange genug sucht, kann mal alles finden.[65] Sie können sich nehmen was

---

[63] War es das, was die Smashing Pumpkins unter: ‚Bullet with Butterfly Wings' verstanden?

[64] Nur Mut, ist gleich vorbei!

[65] Auch das, was man gar nicht gesucht hat.

Ihnen gefällt, es kostet praktisch nichts und manche Dinge funktionieren überraschenderweise wirklich.

Die andere Antwort lautet: Einstellung können Sie haben, welche Sie wollen. Es gibt Bücher …

Ach ja, die dritte Antwort lautet: Wenn es Ihnen egal ist (und es gibt immer welche, denen es egal ist), tun Sie was Sie wollen!

Finale für Romantiker

Nach ihrer unheimlich großartigen Erkenntnis hatte Anna schon eine erste Idee, wo sie den *beinahe* perfekten Partner finden könnte. Heute war der Silvesterabend 2008. Vor genau 2 Jahren hatte sie Willi das erste Mal getroffen, vor mehr als eineinhalb Jahren das letzte Mal. Seitdem hatte sie sich verändert und möglicherweise auch er, dachte sie. Sie hatte wenig Hoffnung, als sie das Lokal aufsuchte, in dem sie sich kennen lernten.

Als Anna das Lokal betrat, hörte sie ihn gerade noch eine Tasse schwarzen Tee bestellen. Dann konnte Anna auch seine freudige Überraschung feststellen, nachdem er sie erkannte.

Er rief der Kellnerin nach.

„Ja, bitte?", sagte diese.

„Einen doppelten …!"

10 Epilog

Wäre das nicht wirklich schön, würden sich Anna und Willi nun doch noch als ihr jeweiliger Trapp herauskristallisieren?

Unwahrscheinlich, aber durchaus möglich.

Jedenfalls hoffe ich, dass es für Sie annähernd so unterhaltsam war wie für mich, die beiden bei der Suche zu beobachten.

Abschließend bitte ich Sie nun, alle Anweisungen zu befolgen, denn wie Sie wissen, würden Sie ansonsten die Haare verlieren und nie wieder Sex haben. Ich weiß wovon ich spreche …

Danke

Umgeben von Menschen, die bewusst oder unbewusst zum Abschluss dieses Buchprojekts beigetragen haben, wird es mir schwer fallen, nicht noch ein weiteres Projekt zu starten. Mein Dank aber gilt ganz besonders meinen beiden Schwestern Elisabeth und Daniela und deren Trapp Thomas und Wolfgang. Weiters auch meinen Eltern Franz und Maria, deren Unterstützung in allen Bereichen mir die Möglichkeit bietet, die nötige Freizeit und Einstellung für das Schreiben zu finden. Meinem Freund Markus Sonnleitner gebührt gesonderter Dank für die umfassende und gewissenhafte Kritik am Werk.

Namentlich nicht erwähnen möchte ich Trapper, Monster und Tarapp, die mir bisher begegnet sind – nichtsdestotrotz ist euch mein Dank gewiss …